文治
© wénzhī books

更好的阅读

龙仔尾·猫

蒋勋 著

见山 见海 见自己

谨以此书，
向池上的土地和众生致敬。

蒋勋

◎ 蒋勋·纵谷秋晴
◎ 2021 | 油彩画布 | 122cm×244cm

2021年 隔离期间 画 纵谷风景

目 录

自 序 | 001

自己的桃花源　　001

海岸山脉　　003
纵　谷　　010
龙在眼前　　018
阻　隔　　024
大　疫　　031
社交距离　　042
出　走　　046
猫　咪　　051

龙仔尾 | 059

六十石山　　　061

万　安　　　　067

保安宫　　　　074

龙仔尾　　　　079

困　　　　　　086

农　舍　　　　090

四棵树　　　　103

猫 | 117

流浪猫 119

猫咪与众生 140

天地的宠物 162

后 记 181

自序

自己的桃花源

从一个小小的点开始,
有一天会真正认识真实的纵谷吧……

从一个小小的点开始,
有一天可以认识更真实的岛屿。

安静地看山、看云、看溪流和田野，无所事事，相看两不厌，一无挂碍。

海 岸 山 脉

二○一四年,在池上驻村后,好几年的时间,经常搭乘花东线火车,来往于池上和台北之间。

火车上三个多小时,那是最享受的时刻,安静地看山、看云、看溪流和田野,无所事事,相看两不厌,一无挂碍。

海岸山脉和中央山脉中间,有一条长长的南北向的纵谷,池上就在纵谷台东县界的北端。

因为中央山脉的阻隔,纵谷像是被西岸繁华都会遗忘的地方。很长时间,没有特别被关心。那些小小的像被废弃般的火车月台，东里、瑞源，好像还留在昭和时代漫长的被遗忘的纵谷里。

火车穿行在花东纵谷之间，两边都是连绵不断的山脉，一边是海岸山脉，另一边是中央山脉。那几年，耽溺在火车沿线的风景中。

或许，中央山脉、海岸山脉也只是笼统的说法。如果从高空俯瞰，中央山脉雄伟壮大，有清楚的轮廓。

然而，海岸这边，可以看到不止一层山脉。海岸山脉延续着太平洋的波浪，第一波，第二波，波和波之间，就是纵谷。所以，也不止一条纵谷。

地质上有一种说法，是菲律宾板块和欧亚大陆板块挤压，造成山脉隆起。但是，我从空中看，又觉得是浪涛的静止，一层一层，像液体的岩浆固定成山脉骨骼。

还有一种说法，岛屿其实在漂流，许多台湾东部外海的小岛，在数十万年间，陆续漂流，靠拢到台湾东部，形成海岸山脉。

地质的计算，常常是数十万年、数百万年，所以短视的文明，很难关心。我们很难理解地质的时间，五十万年，只是一瞬。

天气晴朗的时候，站在都兰山下，会看到东方非常清晰的绿岛。查一下地质的解释，这个岛屿在地壳挤压下移动，"每年以八厘米的速度移动，移向台东"。谁会在意每年八厘米的改变呢？然而，地质研究告诉我们：五十万年后，绿岛就会和台湾东部连接。

距离更远一点的兰屿，每年也在以八厘米的速度移动，一百二十万年后，也会与海岸山脉连接。

我此刻观看的海岸山脉，也只是它在漫长岁月里一个暂时的容貌？

五十万年，一百二十万年，都只是宇宙中的一瞬，海岸山脉在改变，台湾东部会出现一条新的纵谷吗？

五十万年，一百二十万年，我们的身体会在哪里？我们今日锱锱铢铢计较的事，还有任何记忆的意义吗？

纵谷，首先是岛屿的地质，岛屿的自然，然后才是人的历史。

阿美族、卑南族，坐在海岸边眺望东方三十三公里外海上

山的棱线　像静止的　波浪

的绿岛，将其命名为"Sanasay"或"Sanasan"，发音很类似，但是达悟族从兰屿往西边观看，绿岛叫"Jitanasey"。同一个岛屿，有很不一样的名字。我们的思维意识，来自立场、角度，同样一个绿岛，从东边看，从西边看，各自有不同的角度，也有不同的名称。

也许，我们都像寓言里的盲人，摸着一头大象，摸到不同局部，各自有各自不同的解释。

我们如果偏执于自己的解释，偏执于自己摸到的局部，以为是全貌，其实，就离真相愈来愈远了。

盲人或许可以交换各自摸到的局部，提供一个接近"真象"的轮廓。但是，盲人通常只坚持自己摸到的局部是正确的，别人都是错误的。

是的，五十万年太长了，一百二十万年太长了，短视的文明，迫不及待，不断争吵对立，也就离真相愈来愈远。

所以，我想用多一点角度看纵谷。从池上、富里看海岸山脉，也从长滨海边看海岸山脉，空间不同，会看到不一样的面貌。

同样地，时间不同，五十万年前，五十万年后，海岸山脉也有不同的容貌。

什么叫作"真实"？

◎ 蒋勋·长滨
◎ 2022 | 油彩画布 | 60cm×120cm

有时 从纵谷玉里 走玉长公路 到长滨 看海

纵　谷

从高空俯瞰，一条南北向的纵谷，依傍着大河，形成一个接一个村庄。主要的纵谷，沿着一条宽阔溪流。但是，这一条溪流，旁边还有很多分支，容纳了东、西两边山脉流泻下来的水流，像人体主动脉旁许多分支的小血管。

瑞穗一带，秀姑峦溪是纵谷平原重要的灌溉水源。但是，从高处俯瞰，秀姑峦溪还有好多分支，秀姑峦溪上游可以找到乐库乐库溪，这是发源于秀姑峦山的重要溪流，这条溪流到玉里安通才汇入秀姑峦溪。受海岸山脉阻挡，秀姑峦溪折向北流，要一直北行到瑞穗附近，才找到出口，穿过海岸山脉，在

高空俯瞰 两条山脉间的 纵谷

静浦流入太平洋。

秀姑峦溪的分支，西面的乐库乐库溪、磨仔溪、石平溪、万朝溪、卓溪……东面的分支更多，安通溪、阿眉溪、仑天溪、大波溪……多达二十条。

每一条分支，都有它们的名字；每一条分支，都是一个可以走进去的溪谷。我很想一一走进那些溪谷，知道它们的名字，了解它们的生态，可以离开人烟稠密的纵谷，往东，往西，探访幽深的山谷，探访它们在大山间的源头，了解每一条水文在纵谷两边的布局。

走进纵谷两旁的分支峡谷，跟着新武吕溪的流向上溯，一直走到初来大桥下，看新武吕溪和卑南溪交汇。再沿着新武吕溪进入南横的山里，到雾鹿，到更深的山里，看溪流千折百回的峡谷，知道它如何带着大山最丰沛的饱含矿物质的水源，最后进入池上，灌溉万安一片美丽富饶的稻田。

每一条小溪，汇聚成纵谷的大河，形成南北向的一段。我们说的"纵谷"，一百八十公里长，东西都有源头。我们在池上、关山、鹿野看到的纵谷，也只是暂时的面貌。由千山里的万条水流汇聚，形成这条大溪流，我们叫秀姑峦溪。最后，告别千山万水，向东流入汪洋的波涛。

大地像人的身体，古老传说里，盘古倒下，他的肉体、骨骼隆起成山脉、丘陵，血管就流成源源不竭的长河，毛发成为森林、草原。

我总觉得，盘古最后的呼吸是纵谷的风，夏天从南方吹来，带着湿热的云雾，冬季改为东北季风，穿过长廊一样的长长纵谷，让纵谷刺骨寒冷。

有好几年的时间，我透过不同方向的车窗，看纵谷外面的山脉、溪流，春天青草青青，秋天是一片白茫茫的芒花，看山岭上云岚缭绕。车窗玻璃上有窗外的大山、大溪的风景，车窗上也有我自己的容颜，随光影迷离交叠变幻，我的脸和纵谷的风景重叠着，纵谷像是车窗外熟悉又陌生的爱人。

我因此常常问朋友："你知道纵谷吗？"

回答大多很笼统，和我知道的纵谷一样表面。

我可以更具体地开始认识纵谷吗？每一座山，每一条水流，每一个最小的部落或村庄。一点一点开始，知道一条长长的纵谷，是很多具体的点组织而成。

原来笼统的"海岸山脉"，仅仅在富里一带，可以更仔细地认识赤柯山、六十石山、罗山。走进山脉，有一个一个值得慢慢了解的部落,六十石山上的"暗黑部落",富里不只是"富里",可以走近一点,看吉拉米代部落在山腰上垦殖的美丽梯田——山坡上的稻田、百年的水圳。一群爱那方土地的青年,他们甚至不说"纵谷",不说"富里",他们只说"吉拉米代"。

从一个小小的点开始,有一天会真正认识真实的纵谷……

从一个小小的点开始,有一天可以认识更真实的岛屿。

我在六十石山,认识小绿叶蝉咬过、有香气的蜜香红茶。很安静的清晨的茶园,游客还没有来之前的金针花田。跟茶园主人闲聊,帮他剥除苦茶籽的外壳,剥了九个箩筐。主人说要送去长滨榨油。六个月后,我收到如同黄金一样灿烂明亮的六瓶苦茶油。

茶园主人是一九五九年云林八七水灾后迁移到这里的受灾户第二代,他告诉我关于"云闽"两个字地名的意义。"云林的闽南人",那是超过六十年的故事,已经没有人关心了。历史是什么?如何关心每年八厘米绿岛的移动?

六十年,五十万年,有任何存在的意义吗?

在　云闽山庄　帮忙剥　苦茶籽

我们口口声声说的岛屿历史有更具体的内容吗？

希望一点一点记录、书写下我看到的纵谷的晨昏、四季，溪流沿岸有拓垦的田地，一年两期稻作，从插秧到收割，风景都不一样。

有时候，偶然从台东坐飞机北返，从高空看纵谷，在云朵之间，俯瞰两条山脉间狭窄的纵谷。朴素平实的村落，那一个连接一个的小小村落，生活着世代勤恳劳动的人民。在大山脚下，在激流岸边，一方一方整齐的田畦，他们的家，他们在那里找到了自己安身立命的处所。

盘古最后的呼吸

是纵谷的风……

龙 在 眼 前

～～～

所以，我能够说的，只是龙仔尾。纵谷海岸山脉下一个小小的村落，地图上不容易找到的一个地名。

龙仔尾在池上万安靠海岸山脉的尾端，纵谷的边缘，附近是大片新武吕溪冲积的沃野，被开垦成了很平坦广阔的稻田。

我住在龙仔尾的一处农舍，四周都是稻田，每天在庭院看海岸山脉，起伏如龙。龙的背脊，有崚嶒突起的丘陵。丘陵之间，时时有云雾缭绕。清晨太阳从背脊棱线升起，旭日的光，斜斜照亮大片的稻田。有时候是新插的秧苗，稀稀疏疏、三三

机械农业时代　龙仔尾　仍有人　手工补秧

两两稚嫩的新绿，在晨曦中发亮。

一期稻作大约是立春前后插秧，有时候在旧历新年后，有时候也赶在年前就插完秧，可以放一个长长的年假。

其实，龙仔尾的农民，过惯了传统农耕辛勤的生活，不太习惯休息。现在大多农田已经可以机械化耕种，但是插完秧之后，还是看到许多农人在田里，一步一步巡视稻列行距。他们叫作"补秧"，把倒下的秧苗扶正，把边缘机械遗漏的空间再补满。

传统农业像一种手工，一点一点，像是用手在大地上刺绣。"锦绣大地"这个古老的汉字成语，以前觉得是形容词，在池上看农民补秧，除去稗草，用手捏碎土块，知道眼前"锦绣"，的确是精致手工，即使到了工业机械化的现代，龙仔尾的农民依然用他们细致的手工"锦绣"他们的土地。

立春插秧，经过三月、四月、五月中旬，到小满、芒种，已经授粉、抽穗，结成饱满的稻穗谷粒，龙仔尾此时的风景已是一片金黄。太阳初生的清晨，像闪耀着光芒的黄金，灿烂夺目，海岸山脉的背脊也像飞龙在天，时时有午后的云瀑飞扬倾泻而来。

初插的秧田，细细疏落的秧苗，田里积水很多，秧苗和秧苗的间隙，倒映着龙仔尾一带长龙一样的山脉，潜伏腾扬，在涌动变幻的云岚里，果然如一条龙在游动飞翔。

祖父和孙子最适合无事时说这条龙的故事，指点龙角、龙头、龙须，张着大口，身上斑斓的龙鳞，张牙舞爪。慢慢到了龙尾，安静下来，祖父就和孙子说起"龙仔尾"久远的传说。

原来，龙还在眼前，云烟飞瀑，活灵活现。

如果有故事，土地总是活着，山水活着，新武吕溪活着，海岸山脉活着。龙仔尾，依旧是龙的尾巴，旁边护佑大片稻田，护佑十几户人家的小小村落。

我很想告诉朋友，我是龙仔尾居民，我的住处是——龙仔尾一号。

原来，龙还在眼前，
云烟飞瀑，活灵活现

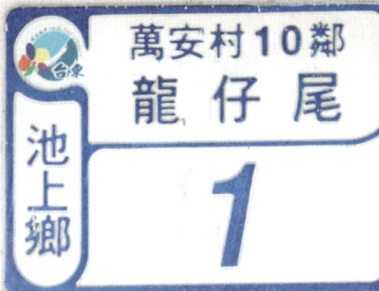

我的 門牌

阻 隔

~~~~

海岸山脉,隔开了东部沿海和纵谷内陆。中央山脉,隔开了东部和西部的来往。

台湾不大,但也因为一些地理的特质,形成区隔。

北横、南横、中横,都是艰巨工程,试图突破地理上的隔离。但是,地势险峻,山石时时崩塌,道路时断时续。阻隔还是存在。

山脉是一种隔离,古代的旅行者,要攀登多少山脉,才能通过隔离,从一个地方,到另一个地方?

像张骞，或者苏武，像罗马的汉尼拔大将，像法显，或者鸠摩罗什，像更晚一点的玄奘，他们要攀爬多少难以穿过的山脉？

像最早走在八通关古道上的登山者，像最早从台北盆地走到兰阳平原（宜兰平原）的移民。

隔离，是一条山脉造成的吗？还是我们心里有巨大横亘去除不掉的"隔离"？

人类的交通史，或许是一页漫长的突破隔离的历史。

伊塔洛·卡尔维诺（Italo Calvino）在他书写的《看不见的城市》（*Le Invisible Cities*）里，告知了旅行者，一步一步，突破隔离，看到真实的风景与人民。他向一个帝王叙述他一路看到的许许多多细节，然而，那个帝王，看着他统治下的帝国，只是一张空洞的地图。（应该叫它绿

中央山脉 棱线上的 晚霞

岛，还是 Sanasan？或者 Jitanasey？）

坐在树下读《看不见的城市》，我庆幸自己可以旅行，不是看着一张地图上标记的地名。

我可以用脚攀爬过一个一个山岭；可以跋涉过一条一条溪流；可以踩过岩礁、沙滩；可以坐在石梯坪看月升之光在海面闪耀；可以嗅闻龙仔尾纵谷收割前风里的稻香；可以到鹿野鸾山听白榕大树上千百只鸟雀的鸣叫；可以每个黄昏，走在舞乐群峰下，看落日一瞬间的变化；可以再往南走，渡过卑南溪，在卡大地布部落听知本溪峡谷里的风如哨音，怀念桑布伊的嘹亮歌声。我可以背着背包，行囊简单，游走于这个岛屿的许多地方。

阻隔、隔离，不只是面前山脉横亘；阻隔、隔离，不只是面前大海阻隔横亘。

一片大西洋，曾经如何隔离了欧洲文明对外面世界的认识？

一四九二年被历史标记为伟大的年代，十月十二日，哥伦布"发现"了新大陆。他一路航行，以为突破了，把一片从来未曾认识的土地叫作"印度"，把那块土地上世代居住的人民叫作"印第安人"。

如果我是大量被屠杀后幸存的"印第安人"的后裔，我会如何看待那个日子？

也许，人类可以思考，心里的无知没有去除，心里的偏见没有去除，穿过了山脉，穿过了海洋，穿过了沙漠，无知依然存在，偏见依然存在，歧视和屠杀、凌虐就接踵而来。

偏见和歧视，仍然使人与人之间充满阻隔。

如果是鸠摩罗什，如果是玄奘，背着背包，背包里主要是经文，长途跋涉，那一双长茧磨出水疱的脚，随时坐下来在大树下静坐诵经，他们并没有为一个陌生的地方命名，没有占有的意图，他们的信仰里或许也知道一切的占有都只是短暂的"梦幻泡影",如露如电,一闪即逝……

在交通愈来愈发达的今天,如何拿掉自己心里的阻隔?

我们可以少一点占有的欲念吗?

偏见和歧视，仍然使人与人之间充满阻隔。

大　疫

大疫流行，我住在纵谷。纵谷进入台东县的北端，在池上靠东的边缘，沿着海岸山脉到尾端，属于万安。

万安里大多是客家移民，世代务农，我住的龙仔尾在万安的南端，小小的聚落，几户人家而已，稻田、菜圃，很安静的狗吠，知道有人迷了路，误闯进村子。

村口的福德祠旁有大树，树下凉亭，总坐着村里闲聊无事的老人家。

他们闲聊，也看山，隔着大片的稻田，远远望着中央山脉耸峻的大山,是南横入口的舞乐群峰,落日时分有非常惊人的霞彩变幻。老人家们看惯了,不觉得稀奇,多回家吃饭了。我便坐在祠堂树下看我觉得每天都稀奇变化莫测的晚霞余光。

那是三级警戒的时刻,规定必须随时戴着口罩。要保持社交距离,到超市买东西排队,人与人之间都有一米半的距离。

原来,不只山脉是隔离,海洋是隔离,河流是隔离,沙漠是隔离。

原来,传染病也是一种隔离。

欧洲中世纪,黑死病蔓延,一个村落,发现有病例,被列为疫区,邻村的人即刻封锁,甚至放火焚烧,毁灭这个村落。

莎士比亚的名剧《罗密欧与朱丽叶》,传信的神父,因为被诊断出黑死病,就被邻人一起钉门、钉窗,即刻封锁在屋内，不得外出。

没有想到，遇到了疫区隔离的历史。

二〇二〇年二月，我还去了南非，南非的人更觉得疫区遥远，不干他们的事。三月，疫情在意大利暴发，伦敦城里许多意大利游客，但是，伦敦人还是觉得意大利很遥远，不干他们的事。三月九日，我警觉到疫情不只会在意大利、西班牙，落荒而逃，欧洲的朋友大多觉得我大惊小怪。

一个星期后，我在台北隔离，伦敦已经封城。

新型冠状病毒感染（以下简称新冠）疫情，是人类史上一次规模巨大的病疫，三年间，没有人知道下一步会如何发展。我们不知道如何隔离，如何防范。全世界都是疫区。隔离？要到哪里隔离？

疫区是一个界限的概念，国家也是，县市、乡镇，都有界限。

从池上往北，车程二十分钟到富里，富里在花莲县，所以，池上和富里之间有县界。

界线给我们一个误解，以为可以隔离，然而，疫情在全世界蔓延的时候，忽然发现，人类在地球表面上划分的界线，似

窗外庭院　阴阴夏木

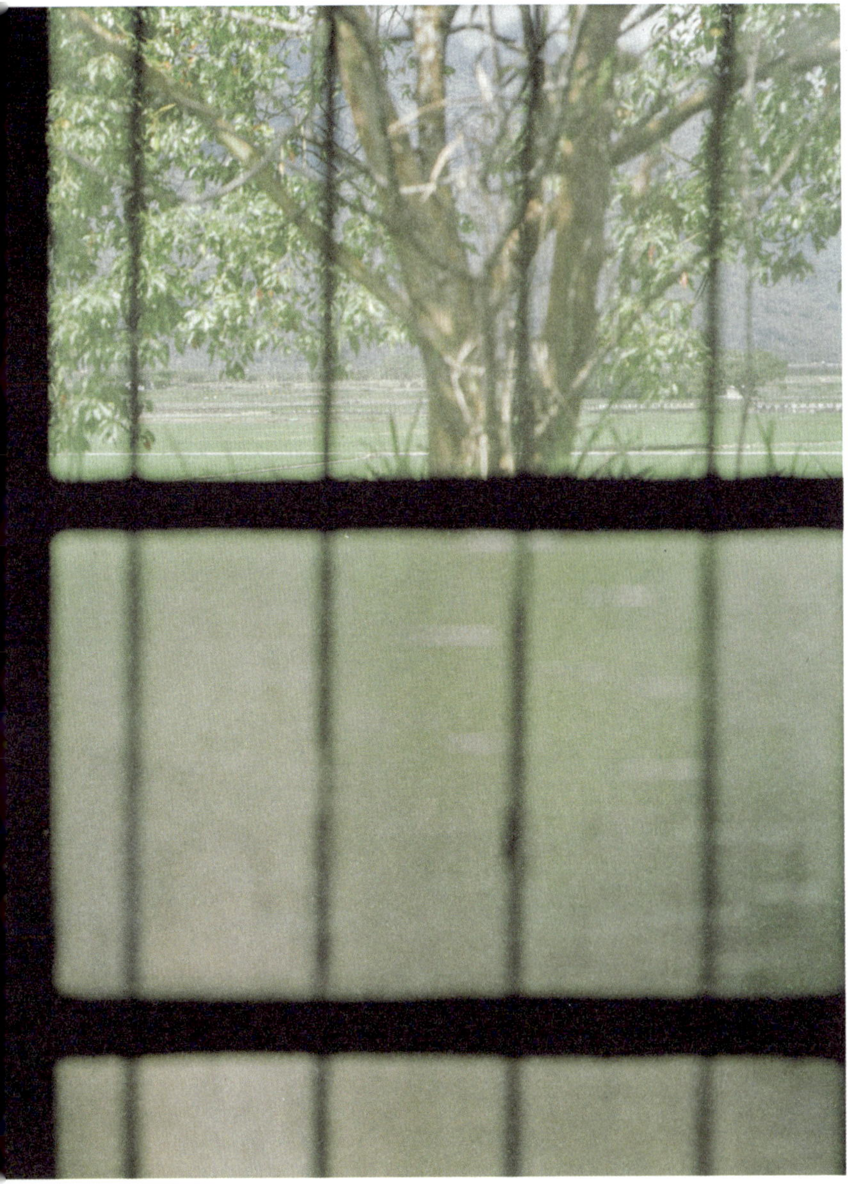

乎没有了意义。

一次全球不能幸免的疫情，让每个隔离的地区更努力防卫，希望能阻绝疫情，希望隔离在疫区之外。

那一条隔离的线，可以阻挡什么？

地球上最伟大的阻挡界线，大概是长城吧——在数千年前，为了防范战争修建起来的一条长长的城墙。

卡夫卡写过《中国长城建造时》，一条"虚无而又荒谬"的巨大的墙。

墙，究竟阻挡了什么？

二〇二一年的五月到八月，岛屿宣布三级警戒时，我"隔离"在龙仔尾。

感谢这个十几户人家的聚落，让我觉得"隔离"也可以这么美好。每天夜间散步，可以戴口罩，也可以不戴口罩，因为不太有遇到人的机会。

七月初，一期稻作收割，会听到远远的稻田里拖拉机的声音，许多白鹭鸶跟在拖拉机前后，争抢着啄食被机械惊吓逃出的昆虫。

院子外的 稻田 一直连到 中央山脉

我走在龙仔尾，没有感觉到疫情。我在想，世界上有很多地方，高山之巅，树林环抱的溪谷，小小的岛屿，是不是也有很多像龙仔尾这样安静的聚落，没有特别感觉到隔离的痛苦？

我被大片稻田隔离，被长长的纵谷的风隔离，被晨昏的旭日与夕照隔离，被卑南溪入海的远远余光隔离，被七夕晚上满天繁星的银河隔离，被午后汹涌的云瀑隔离……在这样浩大广阔的天地间隔离，为认识和不认识的众生的逝去诵经。

或许，前世与今生的隔离，让我听不到上一次繁华盛放时的蝉鸣……

或许，我静下来，还听得到来世没有惊恐怖畏的笑声。

时间是不是一种隔离？

三生石上，还记得那告别伤痛，泪水落在亲人手上漫漶成的一片胎记吗？

所以，墙阻挡了什么？

一道一道的桥，贯穿河流的阻隔；一艘一艘的船舰，通过海洋，连接区隔的领域；一架一架的飞机，在世界各地飞翔，让不同种族、不同宗教、不同语言的区域彼此来往。

我们以为世界的隔离愈来愈小，认识、谅解、包容，因为来往愈来愈多，可以取代陌生、疏远、怀疑、敌对。

然而，我们是不是太早下了结论？

在疫情来临的时候，我也如此自保，从自己认为的"疫区"逃离。但如果全世界都是疫区了，我要逃到哪里去？

我在龙仔尾的时候，心想：我可以把全世界惊慌的人都带到龙仔尾吗？

社交距离，让我想到陶渊明的《归去来兮辞》，他说的"息交绝游"，其实是某一种意义上的"社交距离"吧。

我也想到他幻想出的"桃花源"世界，一个在现实如此不完美的战乱中创造出的"乌托邦"。"乌托邦"本来是一个假托存在的"邦国"，柏拉图在哲学里创造了"utopia"，陶渊明却指证历历，说明"桃花源"真正存在，那条"芳草鲜美，落英缤纷"的路通往一个被"隔离"的世界，不只是空间的"隔离"，也是时间的"隔离"。住在那里的人，"不知有汉，无论魏晋"，所以是在秦代的大战乱时代就选择了与外面世界"隔离"吗？

大疫期间，我在龙仔尾，觉得是自己的"桃花源"。

隔离，可以这么美好。保持社交距离，这么孤独，完完全全跟自己在一起。

我们以为世界的阻隔愈来愈小，
认识、谅解、包容，

因为来往愈来愈多，
可以取代
陌生、疏远、怀疑、敌对。

社 交 距 离

~~~~~

在龙仔尾,看附近的凤鸣山,看新武吕溪,看旭日初升,看黄昏的落日,看莲雾花开花落,看杜果结实累累,看龙眼一串一串挂在枝头,鸟雀追逐,穿过庭园。风从南方吹来,比较热,如果是西边的风,会吹来一片云,覆盖在中央山脉舞乐群峰的山顶,山的棱线就像戴了一顶白色的帽子……

我没有特别想"社交距离"的问题。

没有想,所以也不觉得是干扰或限制。

有一天,看到法国中学生写信给他们的总统,信里说:

龙仔尾的　午后云瀑

"青春都被新冠疫情耽误了。"

我恍然大悟，啊，如果我是中学生，每天戴着口罩，三年看到的同学几乎没有嘴巴，疫情持续着，我会想知道那口罩下的嘴的形状吗？

三年来，在学校里，认识的同学，脸是不完整的。

一个微笑的嘴，一个狰狞的嘴，一个慈悲温柔的嘴，一个鄙视轻蔑的嘴……口罩下面，错过了多少重要的表情？

幸好我不再是"青春期"，没有太强烈的欲望，渴望拥抱，渴望亲热，渴望感觉对方的体温，想要亲吻，探索不曾触碰的禁忌。

所以"社交距离"是一种禁忌？

三年的时间，如同在囚房里。大疫的蔓延，使每一个人成为囚犯，隔离在欲望的牢房里。

而我的牢房，竟然是天地宽阔的龙仔尾。

如果天地是我的牢房，我还能如此无所事事，看庭前花开花落、云来云去吗？

我的牢房是
天地宽阔的龙仔尾。

出　走

人类不曾满足自己小小的隔离。

囚犯要越狱,逃离牢房,拒绝隔离。

我们在不同意义上都背叛过隔离,中学时总是想要翻墙,逃出学校。有一个同学,常常在放学前十分钟,翻墙,被教官抓到,问他:"十分钟,你也不等吗?"

是的,他被处罚时,带着微笑。他要翻墙,因为那道墙是禁忌,引诱他去犯罪。

犯罪，是人类对禁忌的背叛。大疫期间，隔离，使许多人痛苦无奈。每一个人寻找不同的方法度过"隔离"，如同一次"越狱"，从囚禁的空间解脱。

生命的区隔，在不同程度上寻找出走，用越狱的方式背叛隔离。

十五世纪前后，欧洲有许多船只，试图突破海洋的隔离。中世纪有十字军东征，从威尼斯，穿过伊斯坦布尔、直布罗陀海峡，到东方去。奥斯曼帝国建立，阻绝了到东方的通路。欧洲人寻找新的路径，突破隔离。

大疫初期，我去了南非好望角。

"好望角"，有趣的翻译，Cape of Good Hope。站在好望角，浪潮汹涌，当时欧洲的船只，南下到了这里，发现了新的航道，可以从这里眺望东方，是希望的起点。我们总是站在一个角落，更上一层楼，为了眺望更远，仿佛更远便是好的希望。

如同在大疫期间，许多人用"伪出国"代替"出国"。

在一个日系酒店，设立了机场航空公司柜台，领取登机证，通关检查，上飞机，空姐询问餐点……一切都像真的。最后下机,有青森县县长接待,送每人一颗青森苹果。

整个"伪出国"如此真实,比真正的出国还让参加的人开心。

所以,在疫病的隔离中,我们其实不能完全确切地分辨"真""伪",或者说,在现代信息如此泛滥之时,"真""伪"已经没有真实意义。

每天都有人公布"假讯息",但是,我们确定公布假讯息的机构,会不会是另一种"假讯息"的制造者?

隔离,或许使我对"真""伪"都动摇了。

我拿在手中的青森苹果,是真的?还是假的?

每天看着世界各地疫情的报告,染疫的人数,死亡的人数,那些数字,在隔离期间,很真实,也很虚幻。

脸书上有人每一天都在转传那些数字,好像不断用那些数字证明真的有疫情,三年了,那个人的脸书,最后不知道会不会得到一个真实的苹果作为奖赏(或是,惩罚)?

拿在手里的那一颗青森苹果,让很多人高兴起来。因为有真实的重量,有真实的形状和色彩,有真实的苹果的气味。

一颗苹果让我们不再计较、追问所有"出国"这件事的伪造。

现代信息的繁多、快速，让我们无暇去分辨真假。

手机里每天有诈骗信息，李小姐或陈小姐，不断提醒。她们关心我的投资，提醒我上次什么时候做了一笔。"你忘了吗？"每天一次关心，最后李小姐有点不耐烦，抱怨说："你忘了我吗？"我忽然觉得她的委屈这么真实，长达两年，每天一次"诈骗"，"诈骗"也变得真实了。

有人认为马可·波罗所有旅行的叙述都是假的，是一个在威尼斯监狱的囚犯每天说给室友听的故事。

所以，《一千零一夜》是一种诈骗，《伊索寓言》是一种诈骗，指着天上的星辰说给孩子听的故事，让他们笑，让他们哭，让他们惊恐或梦想，是不是某种类型的"诈骗"？让他们快乐，相信世界如此美好，可以继续活下去？

绕过那个有希望的海岬，前面就是美景无限的东方。

生命的区隔，
在不同程度上寻找出走，
用越狱的方式
背叛隔离。

猫　咪

～～～

隔离在龙仔尾,我坐在庭院里,跟来串门子的猫咪玩耍,忽然想起在伊斯坦布尔,曾经在路边邂逅的猫。

很难想象,一个城市有那么多猫。来来往往,没有人类威胁的猫。

它们和人类一样,从另一个世界来,又到另一个世界去。

我们忘了前生在哪里,做过什么,有时候忽然灵机一闪,好像想起来了。但是,每次要努力,原来就模糊的记忆的线,立刻又断了。

但是，猫好像都记得。

在龙仔尾的隔离时期，几只相处久的猫，都让我在它们的眼神里看到它们的前世，也看到它们的来生。

眼神里有蝴蝶翩翩飞起，有雷声，有水流里鳄鱼长长的叹息。有时候它们坐在一望无际的沙漠里，仿佛等待手上戴着青金石戒指的法老王，等待从木乃伊的尸布里伸出手，再一次抚摩它们的柔软的景象……

我在庭院前泫然欲泣，因为听到高原上喇嘛的大号角呜呜响起……

召唤流浪四处的魂魄，从隔绝的世界回来。

为什么那些猫，在大疫中来陪伴我？坐在我抄经、诵经的桌子上，一动不动，或沉沉睡去，觉得我隔离在世与界之间，被幻想隔离，被生死隔离，看不见自

猫咪 看看水田尽头 大山长云

己流转于世与界之间的真相。

那是一只长相酷似仁波切①的猫,它看我为疫情众生逝去抄经,便歪倒睡去,还有鼾声。

我细心听了一下,是风声里屋檐角下挂的铃铎,从很遥远的地方传来,因为铃铎边缘镌刻着番红花的图案,声音里便有那一季繁华的花香。

它醒来后,陪我在田埂间走路。我停下来,看一期稻作后的田,看拖拉机松土,看水圳放水,看水田如镜,镜子里倒映着龙仔尾附近的山峦。它也静静坐着,也看着水田,看着镜子里倒映的山峦。

我不确定,它是否看到我看到的风景,或者,它目不转睛,记得铃铎在风里的摇晃,记得铃铎上那些番红花的图案。想跟我说什么,终究并没有说。

---

① 藏文,本意指珍宝、宝贝。

我们各自隔离在不同的世界,彼此无法了解。我们的沟通,语言或者文字,或者图像,都只是一厢情愿。

所有沟通的努力,让原本存在的一点记忆消失殆尽。

我放弃沟通,知道所有每一天的沟通,其实是一则一则"诈骗"短讯,"你忘了我吗?"诈骗要用那样的方式让你确定彼此真的认识。

所以,应该有更彻底的隔离,在囚禁的牢狱,只跟室友编撰不存在的故事,假造另一个自己,假造另一个身世,假造另一个我。

只有他说得这么彻底:"无我相。"

有一天,我在猫咪的眼睛里看到一闪即逝的自己,在哲蚌寺的大石块上,鹫鹰盘旋,猫咪忽然闭起眼睛,我惊觉而醒,原来是一颗莲雾从树上坠落。

◎ 蒋勋·池上之夏
◎ 2022 | 油彩画布 | 122cm×152cm

隔离期间 开始画 池上长云

(2022年在台北、台中、台南巡回展出)

萬安村10鄰
龍仔尾
1
池上鄉

龙仔尾

在这里,似水流年,
可以看岁月悠悠,没有心事。

在恍惚中听蝉噪高天,容易蒙眬睡去,
似梦非梦,如在前世。

世界，非世界。
微尘，非微尘。

六 十 石 山

二〇二一年五月八日以后,我一直在纵谷。有时在池上画画,有时在六十石山茶园,听树林初夏的蝉鸣。

春末夏初,最早的蝉鸣,有一种青春的高亢嘹亮,还没有到夏末秋初,还没有季节到了末尾濒临毁灭绝望的悲凄嘶叫。

生命的声音,如此不同,有时是欢唱,有时是悲鸣。

茶园主人栽培有机茶,我喜欢他慢条斯理地沏茶,娓娓道来二十世纪发生的八七水灾,许多云林闽南人迁移到此拓垦,因此留下"云闽"的地名。又娓娓道来小绿叶蝉这几天来吃茶的嫩叶了。

八七水灾是我童年的故事,被遗忘了。一次洪水,却造成了许多人的迁徙、移民。

历史大事,或小昆虫生态,茶园主人的叙述都如茶香,沉静有余甘。

"小绿叶蝉咬过,茶叶有蜜香。但是只能让它们吃三天……"

他说:"不然很快就吃光了。"他笑一笑,好像因为蝉来吃才知道这春天的茶多好。

在纵谷,好吃的果实、种子,也常常是鸟儿先来啄食。在自然里,人类的老师好像是鸟,是昆虫。

"让它们吃,却不能吃太多。"他像是在说茶叶,也像是说人生的领悟。

所以他一大早就去茶园采茶,抢收小绿叶蝉咬过,还没有吃光的带蜜香的嫩叶。

六十石山　云岚　极美

主人跟我喝完茶又要去烘焙茶叶。新采的茶叶放在可以转动的透气竹笼里，插了电，低温烘焙，一屋子都是随风散开的新茶的香气。

我喜欢这个时候上山，六十石山的金针花[②]花季还早，没有游客上山。春夏之交，云生雾卷，山岚在数峰间流转变灭，乍阴还晴，山色随时光千变万化，适合用水墨渲染。

远望山脚下富里一带平畴沃野，立夏、小满前后，早插秧的稻禾刚刚抽穗，苍绿里透出很嫩的青黄，微风阵阵。中午前后，阳光蒸晒，风里就有穗花授粉后犹在空气中弥漫的稻花香。

茶园主人又要我试了他自己私下最喜欢的大叶乌龙："加十朵小油菊，清淡，不抢茶香。你试试看。"

"这样的喝法纯粹是个人喜好，"他说，"个人癖好不同，别人未必喜欢，产量不多，也不推销，能喝到就是缘分。"

在土地上劳动的人，有天地四时的广阔包容，他们谈起事来，没有执着，给别人很大的选择自由。

---

② 即黄花菜。

主人跟我道歉,说:"在山下竹田祭拜妈祖的'圣天宫'做志工[3],这几日有外地妈祖来此会香,还要下山去照料。"我们就结束早餐后的喝茶闲聊。

我记得了"云闽"的几个一般人不知道的名字:八七水灾、云林、闽南。一次天灾里人民的迁移,六十石山有了新的居民。

---

[3] 大陆作"志愿者"。

生命的声音,
如此不同,
有时是欢唱,
有时是悲鸣。

万　安

二〇二一年五月十五日，北部疫情暴发，宣布了三级警戒，一时回不去，取消了北返的班机，我就住进万安村。

池上有万安社区，清代以来，主要是客家移民来此垦殖定居，沿着海岸山脉山脚开垦，建立庄园。

汉人移垦到这一带可能追溯到十九世纪六十年代，从台南赤崁、高雄旗山来的移民，他们走的路线是溯荖浓溪，翻过中央山脉，沿着新武吕溪峡谷，来到此地。大约也就是今日南横这一条路，只是当年走这条路的艰辛是今天很难想象的吧！

汉人初来时，没有汉字地名，野生树林繁茂，就叫作"树林仔"。

清朝在一八七四年由福建船政大臣沈葆桢来台湾督办海防，沈葆桢注意到台东的抚垦，派袁闻柝任同知，在台东设立"台湾府南路抚民理番厅"。

"抚民理番"，大概包含了对汉人移民和原住民部落的管理吧。"理番"一词并不意外，其实我读小学时，班上原住民同学还是被当地同安移民叫作"番仔"。

"抚民理番厅"这个机构设立十余年，却在东部爆发了"大庄事件"，客籍汉人和原住民部落联合起来反抗官方压迫。

一八八八年六月，由于官僚压榨，土地清丈不公，欺辱部落女性，引起今日关山、池上、富里一带汉人移民和原住民团结起义，杀死官员，民间串联抗争，对抗官兵镇压。

"大庄事件"有新开园（万安、锦园）的原住民潘观等头目响应，事件在两个月间蔓延，北到花莲，南到台东，卑南族利嘉部落都纷纷起义。

战事结束，新开园一带想必也有许多无主尸骸吧。汉人的、原住民的、清军的，怨者、亲者，无名无姓，依民间传统习俗，死者为大，都被农民收埋，在如今万安"稻米原乡馆"后方建有"万善祠"，四时也有祭拜。

历史上有鱼肉乡民的官员，引发人民起而抗暴，也有认真治理地方的官员。

"大庄事件"后，派遣到台东来的官员是至今仍然留名在台东史上的胡传（字铁花，一八四一至一八九五）。"万安"的名称据说最早出现在一八九三年他所采访、编纂的一本书中。

胡适的父亲胡传，他在台东直隶州代理知州任内，纂辑《台东州采访修志册》，实地采访勘察，编纂地方志，书里首次用到"新开园、万安庄"这样的名称。庞大而腐败的帝国，确有一位知识分子，即使派遣到蛮荒偏远之地，仍然为地方留下了美好的名字。

新开园庄是比较广的说法，包括今日的锦园、万安、富兴、振兴四个村落。胡传的采访，让万安庄似乎在四个村落里有了重要的位置。"万安"也像胡铁花给予这一方土地永恒的祝福。

这本书完成后两年，胡铁花逝世，甲午战争战败，台湾地区割让给日本。

当时，清查"万安"户口，登记住户"一百一十户"，人口"五百八十七人"，水牛"七十八头"。

目前万安村的人口，最新调查是"三百四十二人"。

人口这么少的村落，只是世界一微尘吧。

"世界，非世界。微尘，非微尘。"大疫流行，我住在这一微尘里，有微尘的悲喜，随意读微尘的历史，也有小小微尘里一点万事平安的祈愿。

五月干旱缺雨，水圳轮流每三天灌溉一次，每次放水，都走到田边听水声哗哗，如人雀跃兴奋。乡民担忧，旱情持续，已有多家凿井抗旱。

六月五日芒种，下了大雨，即将割稻，可以预期稻作丰收了。都市里居住，很难体会，即使今日，科技发达，农作

结穗时 清晨 稻叶上的 雨露

多机械化,但是,农民依然要"靠天吃饭",而所谓"天",也就是自然时序的风调雨顺。

我住在这一微尘里，
有微尘的悲喜，
随意读微尘的历史，
也有小小微尘里
一点万事平安的祈愿。

保 安 宫

村落里有几座大小不一的土地祠,也有颇具规模的保安宫,我散步经过,也依村民习惯一一敬拜。

我童年居住的大龙峒,同安人社区,也有保安宫。我家就在保安宫后方,每次经过庙口,母亲都叮嘱合十敬拜。

保安宫直接说成白话,就是保佑"万安"吧。

万安保安宫设置的位置却是在锦园村,事实上,附近几个原属"新开园庄"的居民都常来此祭拜。

村民常来此祭拜,香火很盛,年底收成以后,也请客家戏班在庙埕前演出谢神的"收冬戏"。我在池上驻村的二〇一四年,年底就在保安宫庙埕前看"收冬戏",乡民热烈参与,也和都会里的庙会逐渐没落的景况不同。

看了一下万安社区的地方志,保安宫最早修建于光绪九年(一八八三)左右,是高、屏[④]来的移民带来的五谷爷神像,这尊开基神像更早由大陆移民带到旗山,再由旗山移民带来池上。

移民一路艰苦危险,离开故乡时,常常把神像背在身上,如果侥幸到达平安之地,便安神位敬拜,谢天谢地。

移居之初,一切简陋,推测五谷爷只是安奉在草寮、砖造的简单空间里吧。

移民的农田拓垦愈来愈盛,稻谷从播种到收成都需要风调雨顺,祀奉五谷保护神的信仰自然愈来愈重要,五谷爷也升任为五谷大帝。

十余年后,保安宫就由砖造的简陋形式改为石木结构的宏伟庙宇。也在偏殿安置了城隍、注生娘娘、妈祖、关公等民间

---

④ 指高雄市、县及屏东县。

信仰的神祇，包含了生死、婚丧、人生的各种庇佑。

当时，或许为了切断汉文明的记忆，日本一度禁止当地的民间信仰，保安宫被废止，改为派出所使用。

"二战"之后，保安宫在一九四五年重建，到一九七六年再次扩建，也就是目前看到的悬山式的屋顶，有拜亭、钟楼、鼓楼、戏台，有龙柱雕刻，有彩绘和剪黏等装饰。

每次进保安宫，都会看到殿前楹联长句，"五谷重丰年"，正是小小万安所有世代在土地里耕种的农民的共同心愿吧。

五谷重丰年，及雨及时施德泽
万方匡正日，扶忠扶孝显威灵

二〇二一年辛丑，五月缺雨干旱，居民都凿井应急，都会里的人很难理解农民的愁苦担忧。插秧之后，他们不时抬头

被 大山与长云 隔离， 何其有幸

看天，想到的也就是保安宫楹联上说的"及雨及时"吧。

雨不及时，少雨，就是旱。雨不及时，太多了，就是涝。

旱涝都是灾难，也只有与土地相依为命的农民感受最深。

六月初，芒种前后，连日好雨，稻禾结穗，金黄一片，谷粒饱满，即将收成了，农民也都来保安宫，安心谢天谢地。

龙 仔 尾

~~~~~

台湾中央山脉大家都熟悉，从北至南，把岛屿划分为东、西两岸，但有另一条海岸山脉，不是很多人知道。受菲律宾板块与欧亚大陆板块挤压，沿着岛屿东部海岸，从花莲、瑞穗、富里，到台东县的池上、关山、鹿野，有一条长长的海岸山脉。

万安紧邻海岸山脉，这一段山，山势不高，但是受地壳挤压，山像海浪一样陡立起来。太平洋的波涛，一波一波，扑上陆地之后，仿佛静止成山脉，同样起伏荡漾。我常常看着海岸山脉，仿佛是静止的海浪，也是波涛汹涌。

万安紧靠着山，村名万安，山也就是万安山。

山的长长的棱线，像一条长龙的背脊，蜿蜒在村落东边，起起伏伏。

人给山命名，常常是一种直觉。

台湾多处有"观音山"，山峦峰岭，有的像鼻子坚挺，有的像额头平缓，有的如眉眼，有的如唇、如颐、如下颚，甚至如乳、如肚腹，各人有各人的认知，各人有各人的标记，大象无形，山名"大肚""观音"，也给了喜欢命名的人许多悬想、牵连。

万安山像一条龙，是不高的长条山脉。大概从移民初期就有祖父、阿嬷[5]带着孙子，指指点点，哪里是龙头，哪里是龙尾。有了龙的意象，一条龙就活灵活现。加上海岸山脉四时云烟缭绕，风起云涌之时，这条龙也就似乎真能呼风唤雨，一时显灵，庇佑村落小小的平安愿望吧。

有村民说这条龙，龙头在村落北段的砖窑场，龙肚在中

---

④ 在闽南语、客家话、潮汕话、粤语等方言中表示祖母或者外祖母的意思，福州话、闽东话等仅表示祖母。

一期稻作收割前　总是去看　田端的一棵树

庄,龙尾迤逦在南段山势低矮处。这低矮处已是万安村到了尾端,只有寥寥几户人家散居,被大片稻田围绕,离池上热闹的中心已远,地名也就恰如其分叫作"龙仔尾"。

龙仔尾居民不多，我看了一下居民设立的说明牌，指出有一九二三年从新竹北埔庄迁来的萧金兰家族，此后陆续有赖氏、罗氏、黄氏等家族移垦，成为龙仔尾特殊的家族聚落形态。

站在田野间，远眺万安山长龙护持，愈往南愈低矮，的确像一条长龙的尾巴，一路向关山、鹿野方向远去。

我常在这里看凤鸣山，看万安溪的冲积扇形成美丽的广大稻田，看水圳潺潺流水，农舍散在田间，很难想象这样的美丽平畴就近靠着时时会有地震的断层。海岸山脉是地震断层，建筑也都受限制，也因此住户稀疏，没有发展成热闹的聚落。

恒河尚多无数，何况其沙？

大疫流行，都会人心焦虑、浮躁，很庆幸住在龙仔尾。受这条龙尾护持，每日抄经、画画，闲来看花开，也看花落，与自来自去的流浪猫玩耍，随意勾勒它们的动态，或慵懒，或撒娇，或警戒紧张，仿佛看一页人性的爱恨悲喜。

龙仔尾是微尘粒中更细小的微尘，微不足道，漫步田间，背上晒着暖阳，也如"田夫负暄"——啊，怎么忽然想起这个故事？

———— 陪伴我　散步的　猫咪 ————

（萧菊贞导演提供）

　　田里农夫，走在田间，感觉到晒在背上的日光多么和煦，舒服极了，很想告诉皇帝，告诉位高权重的领导者："阳光太舒服了。"

《列子》中说的这一段故事也就是民间成语"野人献曝"的来源。

野人晒太阳,背上暖和,要去把这样美好的经验奉献给皇帝,但是,他天真无知,原本一番善意,被乡民嘲笑辱骂,群起攻之,连自己的老婆都说他傻。

"野人献曝"其实是一个悲哀的故事吧……

走在龙仔尾田间,看农民一期稻作收割,继续准备二期稻作插秧,我和猫在阡陌上散步,太阳照得背暖暖的,也忽然想告诉什么人:这太阳真舒服啊。

受这条龙尾护持，
每日抄经、画画，
闲来看花开，
也看花落……

困

大疫流行,一时不能北返。

我留在池上,许多东西可以宅配。医院回诊可以视讯,慢性处方笺有健保药局代理申请,直接在当地取。我也透过池上书局订了几本书,张岱的《夜航船》,从浙江古籍书店订购,一星期后也收到了。

疫情、三级警戒,改变了我们对生活方式的很多看法。

朋友笑我"搁浅"在池上,让我想起《四郎探母·坐宫》中一段有名的唱词:"我好比浅水龙,困在沙滩……""困"比

"搁浅"糟糕,"困"是落难,有委屈怨哀,无法脱身。想到杨四郎隐姓埋名托身于异乡时唱这段唱词有多少"困"的悲哀。

人生一世,大概总有时被"困",战争、贫穷、天灾、大疫都可能是"困"。职场不顺、情感坎坷、人事纠缠,也可能是"困"。

像苏东坡,一生都被小人所困,仕途"颠簸",下狱、流放,真是处处受困。

然而,流放、贬谪,漫漫长途,不能老是唉声叹气,骂天骂地,必须自己找出处纾解。

苏轼流放,在困境中,却可能是最好的功课。

他每到一处都发现美好的事,人们以为岭南瘴疠、荒僻,他却大啖荔枝,觉得是莫大的福分,"但愿长做岭南人"。

把惩罚作为福分看待，一路走到天涯海角，苏轼受福于困，也启发了后人对"困"的不同领悟。

易经有"困卦"，上泽下水，泽中无水，自然是"困"乏之象。

五月全台大旱缺水，有人怨天尤人，有人意识形态作祟，粉饰"太平"，坚持说没有缺水，其实都无济于事。

池上万安村凿井备旱，也规划出三天一次水圳轮流放水的管理方法，紧急时甚至出动水车救旱，渡过难关，直到六月降雨，顺利丰收。

我在看纵谷农民困在旱情中的种种努力与应变。他们不粉饰太平，知道"粉饰"加速内部腐烂。

"困"是困穷，但困卦的卦辞是"亨，贞，大人吉，无咎"。

好有趣，易卦在"困"境里许诺了"亨通"。"困"不是被困，"困而不失其所亨"，要在困境里找到通达解脱开阔的自处之道。

困卦意义深远，在困境中，不被困，找到通达的途径，可以"吉",可以"无咎"。

困于疫情的世界,或许可以为自己卜一卦,如果是"困",看看"困"如何排解。粉饰太平,不力图解决问题,是真正把自己"困"住了。

农 舍

~~~~~

所以，有一点庆幸自己在大疫之时，"困"在池上了，"困"在纵谷海岸山脉一处叫"龙仔尾"的村庄。

多么幸福的"困"。

我"搁浅"的农舍是台湾好基金会前些年向农民租赁的，稍事整修，用来给驻村的艺术家使用。恰好前一位艺术家结束驻村，后一位还没来，我便用了空当的时间。

大概从二〇一五年到现在，有十余位艺术家住过这农舍，林铨居、简翊洪、叶仁坤、牛俊强……都住过。铨居在这里画

中央山脉 舞乐群峰 一抹 红云

大幅耸峻的仑天山，翊洪画夜里老屋四处攀爬的壁虎或蚂蚁。

农舍虽旧，却视野开阔，每一位创作者在这里看到不同的自己，或壮大，或渺小，都是真实的自己。真实，便可以创出风格。

芒种、夏至之间，五点十分左右，太阳从海岸山脉升起，照亮大片即将收割的金黄色稻田，累累的稻穗已饱实圆满，垂着头，在微风里摇曳。

我住的这户独栋的农舍，已是龙仔尾的最后住家。坐在庭院前面，朝南一无阻挡，可以远眺新武吕溪冲积的平畴沃野，也可以远眺到更远的卑南溪出海的方向。莽莽漠漠，可以在最远端看到朦胧的都兰山。

黄昏时分，常常在岛屿最南端有西边落日的余晖返照，天空彤紫，也会聚集金色的祥云，如堆簇的锦绣。熠耀幻灭，每天都要修行一次"梦幻泡影"的功课。

在都市里，慢慢失去了自然、日照、风、山脉、河流、星辰，因此，住宅失去了和天地、风雨、晴寒对话的能力。龙仔尾的农舍让我知道传统民宅的"风水"，也就是有好风，也有好水。

旧式传统农舍多朝南，避北风，也取朝阳较长时间的日

有时　坐在前厅　看屋外的　日光迟迟

晒。纵谷东北季风强悍,坐北,避开了冬季的强风。

朝南正房,一排排三间,灰黑斜瓦屋顶。西边一排矮屋,原来或许是猪舍,不养猪了,就改作了放农具的仓库。

一排三间的正房,和低矮仓库呈"L"形,围出一个大约三十米长、二十五米宽的庭院。

这个宽阔平坦的庭院,原来是晒谷场。传统农家,都有宽大的晒谷场,收割以后,稻穗在这里打谷,谷粒利用自然风扬场,吹去杂质,让一颗一颗稻谷平铺在广场上,用日光晒透,时时用竹耙翻转,才能贮存。

这是我童年时看到的农村晒谷场,也是我童年时最爱玩的地方。大人忙着农事,孩子帮忙赶走抢食稻谷的鸡、鸭、鹅。

晒谷场的阳光和风都好，农忙后，冬天在这里晒太阳，背上晒得暖乎乎的，比暖气都好。夏天夜晚就常在这里吹风乘凉，听长辈老人说故事，天阶夜色凉如水，一次一次细数数不清的天上星辰。

现代机械化的农家，插秧、收割、打谷、烘焙，都有机械代替。收割以后，大约十天，新米就可以包装上市。

旧的晒谷场闲置了，变成宽广的庭院。

都市里住狭小公寓，很难想象这样奢侈的庭院。

我常常在这庭院看两边的长长山脉，左边是海岸山脉，低矮却陡峻峭立，右边是中央山脉，浑厚壮大。

两条山脉护持，中间形成狭长如长廊的美丽纵谷。

海岸山脉、中央山脉护持，一长条

莲雾 花盛开

纵谷，从花莲的吉安、凤林、瑞穗、玉里、池上，一路绵延到关山、鹿野，伸展进岛屿的尾端，一条长达一百八十公里的纵谷沃野，左右山脉如长龙护佑，山脉溪流清泉不断，真是好风水。

走过北端的老清水断崖，走过南端牡丹湾的阿郎壹古道，仅一人通行的险绝山径，在绝崖险峰上，濒临深壑大海，头晕目眩，古老的岛屿一直用这么艰难的方式震撼从西岸到东岸来的人。

而我在的纵谷，其实不属于西岸，不属于东岸，不靠近海岸，是两条山脉护持庇佑的一条长廊。很长一段时间，纵谷因为交通不便，避开了过度开发的危机，保有自然的安静纯朴。

入冬以后，长廊有东北季风通过，寒冷刺骨，大风呼啸，老旧屋宇都起震动。二〇一四年我来池上驻村，经过几次寒冬，才领教纵谷冬日的艰难。所以，纵谷老的农家多朝南，是有一定地理气候上的需要吧。

农舍朝南，正前方，隔着晒谷场，就一直可以看到卑南溪开阔的平原，和岛屿尾端朦胧的群峰。

昔日的晒谷场是日照最充足的地方，如今也让我独享美好日光。我常常搬把藤椅，在屋檐下看庭院的树影，看各类鸟雀在树影间跳跃啄食树间果实。五月莲雾花开，细长蕊丝招引很多蜜蜂。夏季光影摇晃迷离，花都落尽了，结了一树小小的果实，由青转白、转红，似水流年，可以看岁月悠悠，没有心事。在恍惚中听蝉噪高天，容易蒙眬睡去，似梦非梦，如在前世。

农舍独立稻田中，没有围墙，朝南种一溜扶桑，和稻田隔开，一年四时都有艳红花朵，衬着绿色稻田特别醒目。

我的童年很少有"围墙"阻隔，邻

院子南面　有一排　扶桑花

一段不阻挡什么的 短墙边 有莲雾树、 龙眼树、 杧果树

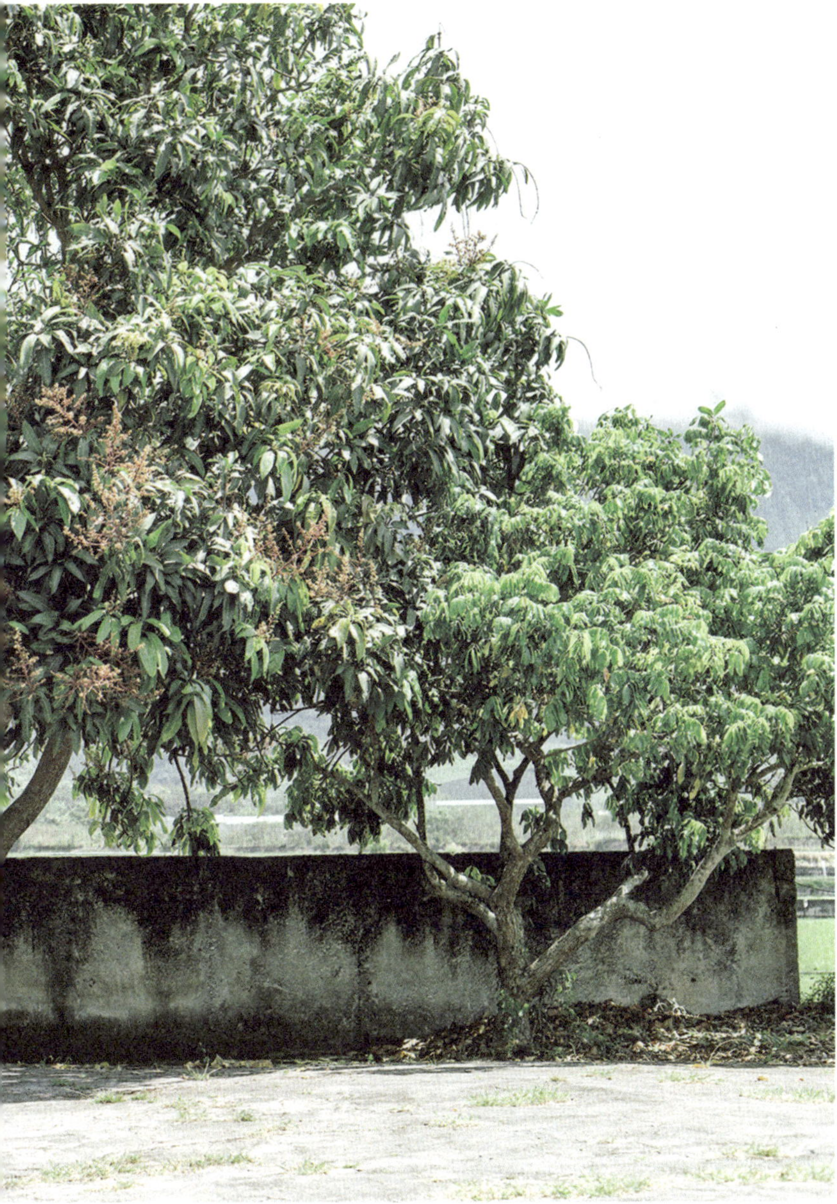

里社区多以植物间隔,扶桑、月橘、刺竹……都可以做围篱,有点间隔,却方便沟通,还可以四时看花开,享受沁鼻花香。母亲常隔着一排扶桑和邻居闲话家常,嘘寒问暖,也隔着花树,互赠刚做好的热腾腾的食物。

四 棵 树

农舍东边靠马路新修了一段一米高的短墙,设了铁栅大门。这是现代都市人"界限"的概念了。

马路已到尽头,再下去就是田,没有车辆,也少有行人,短墙没有什么阻隔意义,倒是太阳好时很方便晒棉被。我一早就把枕头、棉被搭在墙头,傍晚收回,可以享受童年盖着日晒棉被、枕日晒枕头睡觉的温馨甜美回忆。

以前我住池上大埔村,是老宿舍整修的,也有短墙,左邻右舍就常把萝卜丝、笋干、刈菜[6]晒在这段墙头,也会谢谢我,

----

[6] 芥菜。

特别说:"新修的墙清洁。"

都市里的墙好像严防逾越,万安龙仔尾的墙却一点都没有阻隔。墙在都市里,在农村偏乡,常常有不同的意义。

我们或许只专注于都会的伦理,防卫、隔绝、封闭、囚禁的空间,慢慢遗忘了在空阔的天地间生命也可以有不同的方式生活。

这东边看起来除了晒棉被没有用的一段短墙,沿着墙边种了四棵果树,我一直以为是三棵,直到最近树梢结果,才发现原来是四棵。

从北至南,第一棵是莲雾,五月初开花,长长的蕊丝,有香味,不久花落,结了一串串粉红、青绿的小小莲雾,招来许多小鸟啄食,也零零落落掉了一地。我把一地上百颗莲雾拍照传给朋友看,大家都吃惊,说:"可以卖很多钱吧?"

第二棵很粗大,从根部就分枝,看到上面结了小杧果,我就认它是杧果树。杧垂实、硕大、饱满,掉落地上"砰"的一声,吓走很多小鸟,掉落的杧果多摔裂了,露出黄色的肉瓤,小鸟、虫蚁都来吃食。

不多久,杧果之间冒出一束一束繁密的龙眼,我有点不

莲雾 落满了 庭院

解，仔细看，才发现是两棵树从开始就长在一起，根连着根，就像一棵树。

从树干、树皮看，不容易分辨树的不同。我们有时候从叶子分辨，叶子也不容易分辨。等开了花，比较容易知道是什么树了。

苦楝二月（农历）开花，一片粉紫，花期过了，大多数人认不出是什么树。栾树十月开黄花，花落了，结了一树红艳的蒴果，大家都记得栾树十月的灿烂。

我常散步的河岸，有苦楝，有栾树，不开花、不结果的时候许多人都不计较它们的不同。从花分辨，从果实分辨，都比较容易，也因此错失了不开花、不结果的时候更仔细的观察。

第四棵也是杧果，也垂挂着多到令人讶异的硕大果实。朋友教我采下来，削了皮，切成条，加糖，放在玻璃瓶里，腌两星期，做成酸甜可口的情人果。

我试了一两颗，但是数量太大，还是决定不要烦恼，自然间的生长自有自然间的消化，或鸟吃，或虫食，或在土中化为泥，化为尘，不一定非给人吃，原不应该有"我相、众生相"的执着吧……

我拍照给很多人看，还是会被问："可以卖很多钱吧？"

我后来仔细比较了龙眼和杧果树皮的差别，也仔细看了两棵树叶子的差异。龙眼树叶子较小，颜色深；杧果树狭长宽阔的叶子也是深绿色的，但是大很多，几乎是龙眼树叶的三倍长，如果不是先入为主的成见，应该是很容易分辨的。

两棵树的树皮纹路也不同，龙眼皴皱细密，皮色灰赭；杧果树皮色里偏灰绿。

颜色在视网膜上的色谱大概多到两千，光是白色就有四百种，米白、雪白、瓷白、月白、灰白、粉白、鱼肚白、珍珠白、奶油白……文字上如何精密描写，其实都不是视觉上的色谱，面对像提香（Titian）画里层次复杂如光流动的白，艺术史家叹为观止，也只好创造了"提香白"这样的名称。

我一直好奇《红楼梦》里贾宝玉常

杧果 和 龙眼 相继成熟

穿的一种"靠色"裤子,"靠色"究竟是什么颜色?

有人说是蓝染的大槽里最靠边的织品,蓝已经很淡,淡到像月白,有一痕不容易觉察的淡淡的蓝影。不确定是不是像宋瓷里的"影青",我很喜欢影青,比汝窑、龙泉都更淡,像是一抹逝去的青的影子,已经不像视觉,而是视觉的回忆了。

"青"在色彩里也最复杂,"雨过天青",有时候近蓝,有时候近绿,"青",有时候是李白诗里"朝如青丝"的黑。

在龙仔尾看山,色相随光时时变幻,文字上粗糙武断的"蓝""绿"完全无用。

如果写作,"红花""白云""蓝天"或"绿地",也还是空洞。有机会仰视浮云,静观海洋,凝视阳光下稻浪翻飞,眼前一朵花,有看不尽的千变万化,忽然发现文字的形容这么贫乏。

离开生活,离开真实感受,文字、语言都会流于粗糙的意识形态的斗嘴狡辩,离真相愈来愈远。

孟子说"充实之谓美",细想"充实"二字,是感官的充实,也是心灵的充实吧。

看到形容不出的色彩,听到心灵悸动的声音,鼻翼充满青草香的喜悦,味蕾有饱满米谷滋味的幸福,拥抱过、爱过、触觉充实过,生命没有遗憾,是不是真正的"充实"本意?

感觉不充实,便是生命的空虚、枯萎吧!

以前以为不读书会"面目可憎""语言乏味",其实愈来愈感觉到不接近自然,不看繁花开落,不看浮云变幻,不看着海洋发呆,没有在夏日星空下热泪盈眶,少了身体的拥抱牵挂温度,大概才是"乏味""干枯"的真正原因吧……

一棵树,在很长的时间,从种子、发芽、抽长树枝、长叶子、开花到结果,而我们认识的树,往往只是花与果实,把花插在客厅,把果实切了分享。都会里认识的树会不会也只剩下了花与果实?

花被购买,果树卖钱、倾销,和自然中花开花落、果实被鸟与虫蚁啄食,哪一种才是众生相?哪一种才是寿者相?

即将夏至,雨后初晴,我把藤椅搬到树下,听这个夏天激昂嘹亮如铜管高亢的号角的蝉声,光影满地,喝一口鹿野的新茶,读张岱在亡国后纂辑的《夜航船》,一段一段,随时可以拿起,也随时可以放下,没有一定的章法连贯,不知道能不能

在杧果树下　读　张岱的《夜航船》

多懂一点"应无所住"。

张岱是我喜欢的作家，明朝灭亡后，他写的《陶庵梦忆》《西湖梦寻》，繁华若梦，那么颓靡吃喝玩乐的岁月，像是怀旧惆怅，千古兴亡，一旦遇上了，又似乎要认真对"亡国"这样的功课好好演算一番。"亡国"之后，能对自己一世吃喝玩乐好好书写，并不容易。许多人假惺惺地谈忠孝、悔罪、痛哭，也枉费了"亡国"这样一次天赐的梦幻泡影。收到《夜航船》也很意外，竟像是一本杂七杂八的百科全书，一条一条不相干的逸事、杂闻。

在疫情中百无聊赖，随手拿起，随手放下。张岱看尽世事荒谬，原无是非，确有因果，陪伴我看大疫下的人生。

拥抱过、爱过、触觉充实过，
生命没有遗憾，
是不是真正的"充实"
本意？

◎ 蒋勋·池上晚霞
◎ 2022 | 油彩画布 | 80cm×100cm

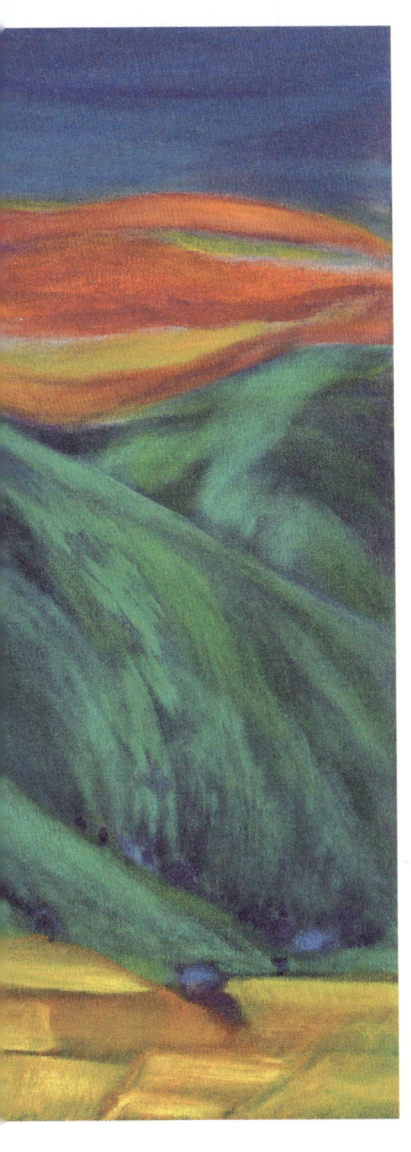

有一天　龙仔尾晚霞艳红，青山　和黄金稻田　如此　熠熠璀璨

猫

我很怀念这只猫，
怀念每个黄昏一起走路
却两无挂碍的关系。

回想起来像是自己老去时
一段淡淡的黄昏之恋。

"恨"的根源是自己,
恨一样物件,恨一个人,
心里的核心纠结都是
讨厌自己吧?

流　浪　猫

我以前没有特别亲近过猫。

感觉猫有一种灵黠、神秘，好像带着我看不到的魂魄，也凝视着我看不到的世界。对那样的魂魄与世界，我有点好奇，也有点敬畏，但终究敬而远之，不敢特别亲近。

我喜欢过狗，狗好像比较"现世"，可以靠着它们，抱在怀里，它们的眼睛看着你，没有太多诡异复杂的心思。

这当然是很主观的看法，无论猫或狗，我的经验都不多。粗浅的印象评断，没有什么可信的价值。

坊间豢养宠物的人口愈来愈多，随便上网搜寻，谈猫、谈狗的真实经验比比皆是，早已形成强大而且不容忽视的主流族群。

最近一次聚餐，一位朋友谈及"分离性焦虑症"，正在找专业医生问诊。突然加入的邻座客人听到，以为在谈"某人"，其实这位朋友要问诊的是家里的宠物。

和宠物沟通早已不是新鲜的事。要"沟通"，就要有心理探索的专业训练，"人类"如此，"宠物"是生命，当然也如此。

族群分裂，族群对立，都与"沟通"不良有关。粗浅的分类，人类是一族，猫是一族，狗是一族。但是，有时人与人对立，视对方如仇敌，咬牙切齿，完全视如"异类"。人与人之间的族群沟通不良，尤胜于与猫族、狗族的沟通。

我有朋友讨厌"韩"这个字，最后波及韩剧，连韩国泡菜也不吃，她说："愈来愈讨厌这样的自己。"我完全理解，但无能为力。

"恨"的根源是自己，恨一样物件，恨一个人，心里的核心纠结都是讨厌自己吧？

族群与族群对立久了，彼此间愈来愈失去耐心，不看韩剧，不吃韩国泡菜，还好，她爱猫，会为猫哭泣，为猫读诗，用塔罗牌每天为猫算命。她很在意跟自己的猫沟通，猫成为她的救赎。

她最近也在居住的城市促使议会通过"宠物生命纪念自治条例"，"自治"二字不好懂，条例有点拗口，其实是"宠物殡葬"，用意也就是让宠物得以善终。人类有坟墓，有骨灰坛，四时祭拜，清明慎终追远，当然，宠物是生命，也要"慎终"，也应该"追远"。

我的童年，猫的善终是挂在河边树梢，狗的善终是随水流漂去。不同世代对"善终"看法不同，慢慢习惯不同的"善终"形式，也会对自己的未来有一种豁达。现代宠物多如同家人，家人死亡，岂可挂树枝、随水流？自然要有一套"纪念自治条例"。

快要竞选了，政治人物在竞选期间抱着猫或狗拍照，制作成张贴海报，近几年也屡见不鲜，猫和狗参加助选，也似乎真的是对胜选有正面帮助。家人是候选人的有力后盾，猫狗既是"家人"，也自然要掺一脚。

选举用到猫狗，逻辑很简单：这么爱猫、爱狗，一定也爱所有生命吧？

在一座庙附近看过地下街有许多专为宠物沟通设立的小店，用中、英、日文注明营业时间、收费标准、问诊内容。要先预约挂号，没有"健保"⑦，不容易挂到号。

怀抱猫狗的顾客面容沉重忧戚，使人想起"如丧考妣"的成语。"如丧考妣"已经是过时的成语了，"考""妣"是啥物？年青一代大概看不懂，或很鄙视。猫狗如亲人考妣，如果亲人罹患重病，当然心情忐忑，四处寻找解方。

一直跟猫没有特别深的缘分，没有想到，二〇二一这一年，猫偶然闯入我的生活，也成为我的救赎。

回来谈我和猫的一段缘分。

---

⑦ "全民健康保险"，简称"全民健保"或"健保"，是实施于台湾地区的社会福利制度。

我没有养宠物的经验，跟猫接触，其实要感谢新冠疫情。

有三个月的时间，自我隔离在龙仔尾的农舍，息交绝游。每天抄经、画画、散步，其他多余的时间就跟流浪猫玩耍。

猫狗不在隔离禁令中，不算要保持社交距离的对象。它们不时会跑到农舍院子里来玩，有时跳上窗台，隔着窗户看我桌上的饭菜。

说是"流浪猫"，或许不完全正确，等下再解释。

传统农村的习惯，多养狗，很少养猫。可能因为养狗可以看家，有人闯入农田菜园，狗会吠叫、恫吓，有实际的守卫警戒功用。

传统农家养狗、养牛、养猪，乃至于鸡、鸭、鹅，大多还是"有用"。"有用"与现代都会的"宠物"观念并不

社交距离下，来我家 自由游玩的 猫

相同。

"宠物"是要"宠"的,岂可以"用"视之?庄子强调"无用之用,方为大用",今天都会的宠物产业如此兴旺发达,"宠物医疗""宠物相命""宠物心灵沟通""宠物殡葬",庞大的连锁产业,颇可印证庄子远见。

养猫在过去也有用途,如"抓老鼠",但是现在捕鼠、防鼠的方法太进步,猫抓老鼠好像已经是童话故事。许多漫画都有宠物猫一见老鼠全身发抖的画面,颇反映现实。

我住进龙仔尾农舍,外出散步时,一路都有狗吠。农舍附近,住户不多,隔一段距离才有一家。每家都有狗,多半是黑狗,夜里躲在暗处,突然咆哮,还是会吓一跳。

这不是宠物狗,都用链子拴着,或关在铁笼里,吠叫时铁笼震动,远远近

它常常陪伴我 在田间走 两小时的 路
（萧菊贞导演提供）

近，四野都有狗的呼应，那是我在龙仔尾夜间散步很特殊的听觉记忆。

散步时不时被狗吠声惊吓，却常常在遇到猫的时候忽然有了温暖。"喵……"它们会跑到脚边磨蹭撒娇。

有一只猫甚至会陪我散步，我走十分钟，它一直跟在脚边。我有点惊讶，以前只有听过"遛狗"，没听过"遛猫"。

这只猫的确会陪我走路，我有点不相信。继续走十分钟，它还跟着。一小时以后，我想它累了，趴在地上休息，过一会儿，我再叫它："还能走吗？"它即刻站起来，继续跟我走路。

这只猫总在田野间遇到，总陪我走路，中央山脉黄昏时满天红霞，田野尽头台九线公路路灯亮起，我跟它说："回家好吗？"它就跟我往回走，然后不知不觉消失在暗下来的田野间。

我很怀念这只猫，怀念每个黄昏一起

走路却两无挂碍的关系。回想起来像是自己老去时一段淡淡的黄昏之恋。

坐在檐下读书喝茶，看莲雾开花，看莲雾结果，看莲雾一颗一颗掉落，鸟雀飞来啄食。这时就有猫来追逐鸟雀，鸟雀惊飞，猫又蹿上树干高处，不一会儿抓了一只壁虎下来。

我确定它不是宠物，宠物大概不会上树抓壁虎，但我也不确定它是否是流浪猫。它抓完壁虎就跑到我椅子边，蹭我的脚，"喵喵"叫着，像是讨食物吃。

"你不是有壁虎吃吗？"我这句话，也显然不是跟宠物说的。

我刚住进农舍不久，物件都还不熟，在厨房转了一圈，看有什么东西给它吃。猫咪跟着我，机敏地跳上橱柜，嗅闻一个纸袋。

哇，竟然是一包猫饲料，它的灵黠，

我抄经,它便一旁睡觉

果然看到我看不到的东西。

这农舍住过很多来池上的艺术家,他们也收养猫,自然留下了猫食。

这是我第一次照顾猫,第一次对猫好奇,吃完,它沉睡,我就静静看它。它就睡在我画桌的毛毯上,纯白毛色,肚腹一边有心形的灰斑。

心形灰斑猫第一次来,一住四五天,我们相处得很好。我没有宠它(两天后发现它是母的)。我吃饭,它跳上餐桌,巡视一遍,我的池上有机新米粥、玉蟾园豆腐乳、吉拉米代部落的鲜笋,它都没有兴趣,闻一闻,便在我餐桌上四脚八叉睡倒。

这时我想它不是流浪猫,它对人,包括刚认识的我,没有戒心,容易放心在你面前这样大咧咧睡去,没有防卫警戒。大疫期间,看到人都害怕防范。台北朋友坐捷运⑧一咳嗽，周围的人立刻散去，比看到鬼还紧张，"心无挂碍"谈何容易。

院子里也常有流浪猫来，我一踏出门，它们跟我对望，一两秒钟，一溜烟逃走。那是没有人豢养的流浪猫，不敢亲近人。

这只巡视我早餐的猫很亲近人，我把它睡觉的样子拍下来，放在脸书上，点赞人数破纪录，可惜我不竞选，也不喜欢利用宠物。脸书好多留言，提供各种建议，关于结扎，关于防疫，关于猫砂，关于猫食，爱猫族立刻怂恿我收养，一连好几天追问："名字取好了吗？"

但是，我还是犹疑，如果它不是流浪猫，是有人豢养宠爱的猫，我的介入可能不宜。

我没有取名字，我犹豫着，我判断它不是流浪猫，如果三级警戒结束，我要回台北，我也不希望它失去了在池上田野间逍遥的自由。

我判断它是有人养的宠物，可能出于什么原因，离家几天，来农舍做客。我于它像是偶然"外遇"，如果取了名字，

---

⑧ 地铁。

有隶属关系，彼此都有牵绊，我还不习惯与"宠物"的关系。它来去自由，三级警戒以后我离开，没有牵肠挂肚的舍得、舍不得，我也来去自由。"无所从来，亦无所去，故名如来。"《金刚经》的句子真好。

它果然翩然而来，住几天，又翩然而去。我不知道它从哪里来，又去了哪里。它来了，我们讲几句话，寒暄完，把饲料放进盘子，它也吃，但似乎不是因为饥饿，还是来我脚边蹭来蹭去，一会儿就睡了。

我很喜欢这样的关系，各自有各自的空间，它不厌烦我，我也高兴有它睡在旁边。没有命名压力，不是宠物，也不完全是流浪。

我们没有特别沟通不良的问题，或者说，我们不需要太多沟通，它尊重我的生活，我也尊重它的行动自由，包括睡在我的画毯上，包括它喜欢在我用餐时嗅闻

来觅食的猫咪

每一道菜。

只有一次,发生了沟通的问题,因为它早起,大约凌晨四点钟,它会"喵喵"地跑来叫你,要吃东西。我夏天也起得早,但是四点还是太早了。我很认真跟它沟通,沟通要很温柔,也很理性,劝说它可不可以睡在廊檐下,这样不会吵到我。

有朋友不吃"韩国泡菜"的前车之鉴,我知道沟通要放下身段,我跪在地板上,尽量低着头,不要让它觉得我高高在上。高高在上,当然不是沟通,有点像霸凌。

我都有点被自己低声下气的声音感动了,重复说了三遍:"要不要睡在外面廊檐下啊?"瞬间,它举起两只前脚,蒙在眼睛上,不再理睬我。

"哇,这是什么态度……"我没说出口,一时懂了我不吃泡菜的朋友心里的荒凉、悲哀。

它继续四点吵我起来喂它,继续几天来,几天消失不见,来无影,去无踪,像《聊斋》里的女人。有人说《聊斋》是传统文人的"性幻想",有美丽女人晚上来陪伴,早上就不见了。当然,最好就是"早上不见",早上还在就麻烦了。

《聊斋》满足着心爱自由的浪漫男人的外遇幻想。这只猫也让我经历了无牵无挂的一段美好缘分。

三级警戒的三个月，这一段堪比《聊斋》的农舍记忆，平平淡淡，除了唯一一次蒙起眼睛不搭理我，大部分时间我们是"相敬如宾"的。

莲雾落了几百颗之后，杧果结实累累，坠落地上，"砰"的一声，汁液溅迸。我放下手中的书，猫也从睡中醒来，看看寂寂庭院，无事，我继续看书，新武吕溪的冲积平原可以看到好远好远，微风从南方吹来，水圳的水声高高低低，大大小小，时快时缓，像一段催眠曲，它又闭眼入睡。

那个悠长的午后，记忆和遗忘都很模糊，像一个老去的夏日最后黄昏的慵懒、迟缓。

杧果坠落后，龙眼树结满了密密的

龙眼,疫情的警戒缓和了,我准备北返。最后几天,在田里走了又走,好像希望找到什么,想遇见那只许久没有来农舍的猫吧,想再遇到可以陪我散步的那只猫吧,因为没有命名,我一路低低呼唤的只是没有任何意义的"喵咪",觉得它们会突然从隐没的田野里蹿出来,"喵""喵"来蹭我的脚。

它终究没有出现,不因我的舍不得动心,我的舍不得要自己珍惜,自己排遣。

它睡觉时,我用抄经余墨画了几张画,随手速写,没有章法,想念时便拿出来看一看。

很羡慕 它无挂碍的 睡姿

辛丑大疫画貓除厲 立我前雾 於池上龍尾

◎ 蒋勋·大疫画猫除厉
◎ 2021 | 水墨设色纸本 | 45cm×91cm

抄经　余墨　顺手　写生

猫 咪 与 众 生

～～～

五月至八月住农舍期间,来来去去龙仔尾的猫咪很多,前前后后大概有七八只。

有的与我亲近,上我餐桌巡视,肆无忌惮,睡在我的画毯上,喜欢跟我撒娇讨拍;有的陪我散步走路,却不太进屋。

也有的始终坚持做流浪猫,偶然蹑手蹑脚偷偷靠近我放在廊檐下的猫食,吃两口。不幸刚好我走出去,它们惊慌瞪视着我,我虽然尽量温柔说"你好",它们还是一溜烟地快速逃走。

让别人害怕,让一个动物紧张惊慌,让另一个生命不安,都不是愉快的事,也应该尽量避免。

法家政治里有时强调"术",帝王之术,其中包括威严,让被统治的臣民害怕。

传统戏剧里,衙门审案,一开始就是两旁衙役用虎豹的嗓音低吼"威武"。那声音让庶民、百姓闻声丧胆,不自主地先矮了一大截,双膝一软,跪在地上,恐惧使头脑一昏,有的没的,大概什么事情也都招了。

漫长的人类文明,"恐惧"成为统治的手段,成为辖制他人的手段,恐惧有时也成为许多族群生存的状态,在恐惧中活着,因为恐惧,甘心等待被凌虐,被侮辱,被奴役。

传统戏剧也不乏官员出巡,前端有"肃静""回避"的牌子,仪仗森严,前后都是随扈、打手,老百姓只有敬而远之。

需要别人怕你，需要别的生命在你面前恐惧发抖，原始生态世界都存在。

我不确定，文明的教养，善与慈悲，有一天是否能使生命与生命间有真正的平等与尊重，万物并育，彼此互助，不相害，没有恐惧。

曾经，白种人使许多有色人种恐惧；曾经，罗马帝国让基督教徒恐惧；曾经，基督教让"异教"恐惧；曾经，伊斯兰教让基督教恐惧；曾经，纳粹让犹太人恐惧，日本让其他东亚人恐惧……"恐惧"像一种因果，冤冤相报。

我用"曾经"，盼望都能过去。

二十一世纪，有新的恐惧在滋生蔓延，富人依然让穷人恐惧，有权力者依然让手无寸铁的人恐惧。

我们终究可以"免于恐惧"吗？我们终究可以摆脱"恐惧"的因果吗？让他

人或他者恐惧多么可耻，人类有一天或许会了解：让他人或他者害怕是自己多么大的耻辱。

一只黄猫，一只黑猫，看到我，总是像看到鬼一般，与我对望，快速溜走。

被当成"鬼"一样，毕竟是"被侮辱"的感觉吧……

旧俄作家陀思妥耶夫斯基使我震撼的小说是《被侮辱与被损害的人》。书里描写一名高贵军官，在酒馆喝酒。一个老乞丐模样、衣衫褴褛、形销骨立的老人瞪视着军官。

军官社会地位很高，他习惯受人尊敬。一个卑微贱民的"瞪视"，对高贵的军官而言，是不敬的侮辱。

"多么无礼啊……"

军官因此斥责老人，老人一语不发，呆若木鸡，继续"瞪视"，眼神呆滞。

军官愤怒极了，想拿鞭子抽打这老人。

军官怒气冲冲，咆哮着靠近老人。

在威武暴怒的军官面前，老人忽然全身发抖，好像要诉说什么，终究说不出话，口吐白沫，倒在地上死了。

那个故事我看了很多次，青年时看的，细节记不清楚了，只记得濒临死亡的老人空洞绝望的"瞪视"。

"被侮辱与被损害"，老人暴毙前的"瞪视"，或者我的宅院里猫咪害怕我的"瞪视"，是"被侮辱"的生命回报高贵世界的最后的诅咒吗？

我想得太远了。

然而那两只一见我就恐惧害怕的猫咪，的确让我觉得自己是手拿鞭子的军官，他的高贵、威权、矜持或傲慢，瞬间被侮辱了。

这个军官，他此后一生都会记得那老人的"瞪视"吧，像他高贵庄严生活中一道难堪的疮疤。那道疮疤存在，高贵庄严总要不安。

"被侮辱与被损害"的生命只有用这样让你不安的"瞪视"回报侮辱他与损害他的世界吧。

在猫咪来来去去的几个月间,我从它们身上体会了"恨",也体会了"爱",体会了"恐惧""逃跑",也体会了"信任""依赖"。

无论是恨,或者爱,我都没有为它们命名,我仍然一律叫它们"猫咪"。"于一切有情无憎爱。"经文上的句子,大概是说对一切众生,没有憎恨,也没有爱恋。

亲近我的,我说:"猫咪,别吵我,还要睡一会儿。"恐惧我的,只有望着它们逃走的身影说:"猫咪,别怕,对不起,吓到你……"

那是三级警戒时的池上龙仔尾,没有游客。在广大的田野间走路,常常有两小时,遇不到人。原来欠缺雨水的春天,农民们轮流三天放一次水灌溉,有时也用水车载水来补充,我也走到万安村,有几处农民凿井准备抗旱。

农民们存活的意志很强,靠天吃饭,处处艰难,但毕竟度过了艰难的干旱,一期稻作收割,收割机驶过金黄累累的稻田,又是一季丰收。

田地平旷安静，白鹭鸶跟在收割机后吃虫。收割完毕的池上，田里留着条理分明的稻梗，一排一排，横、直都整齐有秩序，使人意识到农业文明严整、一丝不苟的纪律。

不多久，七月中旬，要准备二期稻作了。耘田机在收割后的田里来来去去，干涸的土地翻起来，打碎稻梗混在土中，田地像铺了一张松软的绒毯。

我喜欢这时候跟猫咪出外走路，空气里有打碎的稻梗散发的干烈辛香的气味，日光与植物的气味。然后，听到水圳开始放水了，哗啦哗啦的水流声，随着我和猫咪的脚步，像美丽的伴奏。我们一起走到盛开的紫薇花下，映着阳光，紫薇像红蕾丝的纱，透明如宝石，摇曳在夏日一碧如洗的蓝色晴空下。

水圳宽窄、高低不同，水声或急或缓，或高昂或沉滞，或清灵悠远，或如笑

一期稻作 在 七月收割

如歌，是大自然里书写不完的曲谱。

猫咪和我都听着，它听到的，或许比我更多。我总觉得，动物有我失去的很多本能，可以看到我看不到的世界，可以听到我听不到的声音，可以嗅闻到我已经感觉不到的空气里云或者风的气味，云和风里，可以预知我无法预知的幸福或灾难。

我们走走停停。我停下来，它也停下来，我行走，它就跟在脚边。

放水后的田，一方一方，像光明的镜子，可以映照出山峦和白云，映照出晴朗无一物的天空，或入夜前漫天如火烧一般赤赭、金黄、绛红的晚霞，再晚一点，繁华消歇，光明的镜子里流淌着一绺一绺的月光。

二期稻作开始插秧，莲雾和杧果都已落尽，只剩龙眼树上果实累累。

每天走路　会有不同风景，今天　遇到一株　紫薇

大疫在世界各地蔓延，繁花继续盛开，我们惊慌或不惊慌，我们耐烦或不耐烦，死亡不断，生命不断，不会为任何人的主观意识停止前进。

我继续抄经，写到"众生，非众生，是名众生"。想到没有命名的猫咪，都叫"猫咪"，于一切众生无憎爱，因为都是众生，爱的是众生，憎的也是众生吧……

"于一切猫咪无憎爱"，心有旁骛，写错了字，调侃自嘲。放下经文，给自己泡一壶新茶，知道无论憎爱都还有许多功课要做，有时做得好，有时做得不好，也不急着做完。

一切如梦幻泡影。功课做完，或许也就是大梦初醒，梦醒时或哭或笑，或者啼笑皆非，或许已与此身无关了。

三级警戒慢慢缓和下来，七月，初插的秧苗好翠绿，点点新绿，衬着倒映水田里的白云、蓝天，天地呵护下的幼嫩生命，浩大天地舍不得不生养的婴儿，平静的龙仔尾岁月，我竟妄想可以这样天长地久。

有一天，邻居小妹妹仓皇抱一只小猫来到宅院，哀求说："可以收养它吗？"

我知道自己又掉进憎爱的纠缠了。

于一切猫咪无憎爱。

传统农家的确不太养猫,流浪猫在隔壁邻居家生了一窝小猫,刚生产不久,被发现了,主人就把一窝小猫带到山上弃养。

小妹妹抢救下一只,怕阿公⑨回来又要带走,赶紧用毛巾包着,跑到我住的农舍门口求救。

"可以收养它吗?"我仍然记得小妹妹无助、无奈、哀求的眼神。毛巾里是一只瑟缩蠕动的小生物,看起来不像猫,毛茸茸的,杂色,有点邋遢的一团,若不是微微有一点气息,大概不容易感觉这是一个生命。

我犹豫着,我没有照顾幼猫的经验。我可以照顾它吗?我有能力照顾它吗?

然后,它突然从幽暗里抬起头来,茫然地看着我,圆圆的眼睛里都是泪液。

---

⑨ 指祖父。

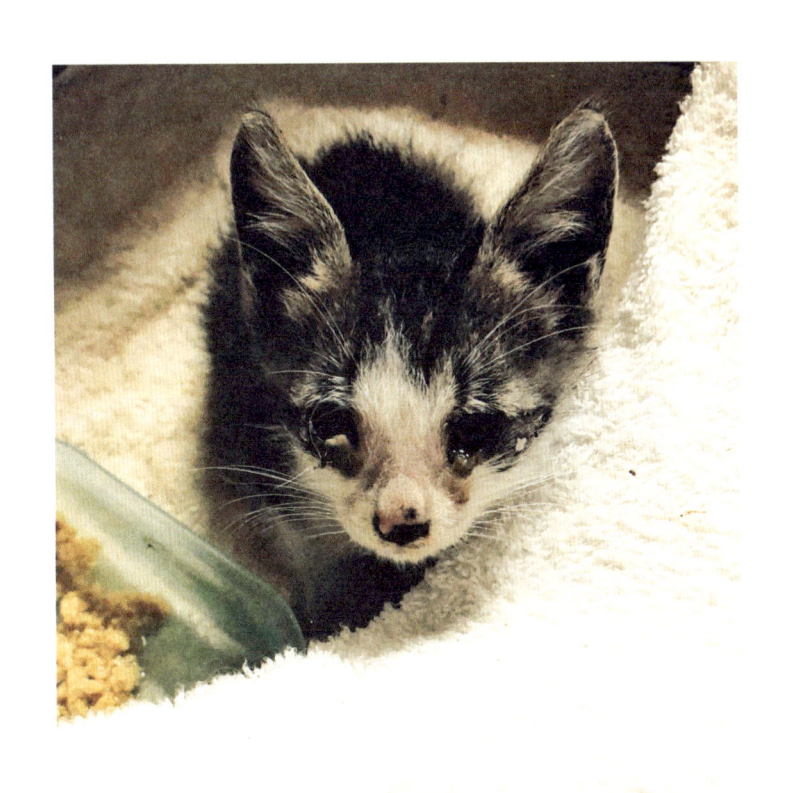

邻居小孩 抢救下的 一只 乳猫

人生一世，最深的爱，
也就是一"劫"了吧！

"……"

生命里总会有无言以对的时刻,无论如何想逃过爱嗔纠缠,爱嗔就在当下,与你茫然相对,无言无语,你知道逃不过这一劫。

"劫"总被当作"灾难""毁灭",殊不知"劫"是以这样无告无助的茫然眼神与你对望,放不下的时刻,放不下的心,也就是一"劫"。

人生一世,最深的爱,也就是一"劫"了吧!

"劫"被当作"苦",人世习惯说"劫苦",殊不知"劫"是这样温柔深情到让人落泪。

《红楼梦》里宝玉、黛玉初次见面,宝玉说:"这妹妹我见过的。"黛玉心中一惊,怎么如此面熟?那便是他们生命里的"劫"吧。

我与多少生命在"劫"中相遇,爱嗔纠缠,如同此时与我对望的这茫然无告的眼睛。

我的助理比我年轻一个时代,他比我勇敢,他在爱嗔里没有犹豫,很快回答说:"留下来,我照顾它……"

在垂老时，面对生命的冲动，即使鲁莽粗暴，我仍然叹一口气，希望自己可以有年轻人的勇敢。

勇敢负担对弱势者的照顾，勇敢去爱，而不是无知地宣泄自己情绪的恨，无知地站在对立的任何一方助长暴力与伤害。

那只看着你、让你心痛的弱小生命，它的眼睛，正是瞪视军官的老人濒死前最后的眼睛吧……

我恍惚觉得它从遥远的西伯利亚转世来到了龙仔尾，来到疫情蔓延的此时此刻，让我放下心理防卫与仇恨的鞭子，放下恐惧，再一次与自己和解。

小猫咪这么弱小，我不确定它是否能够存活。它显然在失去母亲呵护的恐惧中，孤独茫然，看着这陌生而且不可理解的世界。

它瑟缩发抖，炎热的八月，它是从心底感觉到存在的寒冷吧……

助理已经骑了摩托车，到处找"羊奶"。

"为什么是羊奶？"

"初生的奶猫不能喝牛奶。"

我焦急万分,感觉到毛巾覆盖着的身体不正常地抽搐,然而联络到了池上以外的富里、关山,都找不到羊奶。

助理回来救急,把猫饲料用热水泡软了,一点一点喂进小猫口里。池上养猫的朋友都关切了,让我想到在阿富汗的美军突然撤退时机场的婴儿。

生命在危难时传递在许多人手中,不确定停止在哪一双手中,影视上的画面总是让生命危难中的传递庄严得如同教堂圣歌,或许,其实很难堪,很邋遢,很慌乱可笑。

然而,还是感谢,终于有人找到新西兰进口的猫奶,即刻让我们松了一口气。

所谓"猫奶"还是由牛奶提炼的,抽取剔除了会伤害幼猫的"乳糖"部分,成为初生乳猫可以吸收的"猫奶"。

看到在怀里开始吸吮奶汁的小生命,可以很放心地看它慢慢鼓胀起来的肚腹,看着它蓬松有光泽的棕灰夹黑条纹的毛,看它有力气"喵""喵"叫着,看它一蹬一蹬地在床褥上行走。

"好像后腿没有力量,是瘸腿吗?"

"刚出生都这样吧……"

龙仔尾　路口　小小的　福德祠

我们上网找了很多关于初生乳猫喂养的信息，有了新的关心，看年轻助理拿着卫生纸在床上擦拭小猫四处留下的尿液，小猫也追着卫生纸团玩耍，忽然觉得悲剧也可能变成喜剧。

我的抄经工作停了好几天，写到"众生"二字，还是会误写为"猫咪"。

"猫咪，非猫咪，是名猫咪。"

新插的秧苗翠绿明亮，在风里飘摇，八月了，疫情有缓和的迹象。走过龙仔尾村口的土地祠，龙仔尾这样一片清明，这是池上最小的土地祠，"福德祠"的"祠"写成"词"，也没有人在意，我低头合十敬拜。

◎ 蒋勋·卧

◎ 2022 | 油彩画布 | 60cm×72.5cm

常常　想念　猫咪睡态

天 地 的 宠 物

我并不确定生存的意义。

一定要确定,才能好好存活吗?

或者,也可能只是活着,没有任何意义地活着?

看着被弃养的乳猫,看它严重漫溃的泪液,看它的抽搐,看它饥羸的身体,体会很苦涩的"实无众生得灭度"的诚实而勇敢的宣告。

然而,活着,好像总是要虚构或捏造许多"意义",让

"活着"仿佛可以理直气壮，煞有介事。

它真的活了下来，让为它担忧的旁观者喜极而泣。

我还是不确定那喜极而泣是不是自己虚构或捏造出来的幻象，或者只是自小习惯的一种浅薄的励志故事的翻版。

新闻二十四小时播报阿富汗的危机，如果我此刻在美国军队突然撤退的阿富汗，我也必须虚构或捏造让自己好好活下去的意义吗？

但是，美国军队为什么来了？又为什么突然走了？冥冥中的因果，谁能够透彻深究？

有关国家的军队为什么发动攻击？原来平和的农村，为什么突然妻离子散？

那些叫作"人民"的，究竟是真实的"众生"，或者，只是一个空洞捏造出来的毫无意义的名词？对于突然让军队进攻或撤退的统治者，"人民"有什么实质意义吗？

游戏的规则是我们必须选择一边，然后你死我活。

人类找不到可以一起活下去的方式吗？

一定要确定生存的意义，
才能好好存活吗？

龙仔尾的农舍没有电视,但我还是会有点忧心地看手机里各国转播有关阿富汗的画面,大部分是CNN或BBC,我看不到偏远弱势地区的电视,我听不到偏远弱势者的声音,真正"人民"的声音。也许他们已经习惯没有声音,掩盖在强大频道的波段下,偏远弱势地区的众生也习惯了没有自己的声音了吗?

抱着初生婴儿尸体的母亲,抱着炸断肢体的丈夫的妻子,他们都没有声音吗?

纵谷严重干旱的时候,西岸都会的频道都没有报道,社群网站上也有人放出万安乡凿井抗旱的一则信息,但很快被强势的网军⑩覆盖了。

我看着纵谷天长地久,看着偏乡一无怨言的众生的勤劳安分,看着需要细心照顾的乳猫的微弱气息。

感谢龙仔尾,护佑我的惊慌与无助。

过了几天,小猫咪显然强壮了,有力气吮奶,吃饱了,在草席上跑跑跳跳,有时也呆呆看着席子上自己的影子,仿佛对

---

⑩ 指一群在网络中针对特定内容发布特定信息的、被雇用的网络写手,全名为网络水军。

活着还有点陌生。

院子里还不时有流浪猫来,惊慌怖惧,在廊檐下逡巡,眼神闪烁,吃一点饲料,我要踏出门,就迅速逃跑。

它们嘲讽着我的安逸吧,或者,瓦解我自以为的慈悲?

慈悲的意义是什么?

在每一处炮火连天的战场,在每一处疫病死者尸体焚烧的黑烟里,慈悲,也许不如一颗枪弹吧。枪弹有真实的重量,有真实的穿透力,可以快速终结虚构捏造的生命意义。

每一个受苦的肉体都在等候那一颗枪弹来临吗?

在宠物和流浪猫之间,看着不同存活的方式,撒娇、讨拍、妩媚,或机灵、狡猾、残酷,目的都只是存活。

在大疫蔓延的时刻，在处处烽烟的世界，把存活的标准降到很低很低，低到看来毫无意义的存活也可以接受，我还有计较之心吗？

或者，学会对看来毫无意义活着的肃然起敬。像鲁迅小说里的"阿Q"，对他"毫无意义活着"肃然起敬。

他们是真正"实无众生得灭度"的真实"众生"吧。

小乳猫呆呆望着门外，我以为它看到什么。我总是觉得猫或其他动物，可以看到我看不到的世界。如同晴天时爬到石头上看天空的乌龟，伸长脖子，仿佛听到天空神谕般的语言。

我走出门，看到一只以前没有看过的流浪猫，最近总是在院子的角落里逡巡。

它和前几只流浪猫不同，流浪猫通常一看到我就一溜烟逃走。这只猫却停在原地，不逃走，也不靠近，只是与我对望。

这只流浪猫体形比较大，常常躲在车子的底盘下。黑溜溜的圆圆眼睛睁得老大。它目不转睛，看着我，并没有惊恐，只是很坚持不逃跑，不离开。

我把猫饲料的盘子放在靠近它的地方，它也不吃，仍然与我对望着，仿佛我们有宿世的契约没有完成。然而，我抱歉地看着它："我真的不知道契约的内容啊……"

也许是每一个肉体和一颗陌生枪弹的契约，也许是一个肉体和以为无缘的病毒的契约。我们在好几世代的流浪生死里，究竟签过多少契约，抵赖不掉，要在该偿还的时候偿还，要在该偿还的地方偿还。

我总记得它乌溜溜的圆圆眼睛，那样一动也不动望着我，不是为食物而来，不是为亲近我而来，不是为复仇而来，所以，生命还有我不可知的欲求渴望吗？

它总是躲在暗处，所以我不容易看清楚它身上的花纹色泽。偶然日影斜照，看到它身上暗灰里有深黑的条纹。

它仍然蜷缩在车子底盘下，身形比一般的流浪猫壮硕，或者只是因为它特别笃定坚持的神情让它像一座山，无法动摇。

三级警戒的严峻紧张稍微缓和了，我准备要回台北。看着地上落满的杧果，亲昵的两只猫咪跑来脚边蹭来蹭去，"喵""喵"叫着，仿佛知道我舍不得。

舍不得的龙仔尾天空的白云，舍不得的农舍前一望无边的翠绿农田，舍不得的夏日带着稻香的微风，舍不得的水圳里如歌的水声，舍不得的在众鸟喧哗里醒来的早晨。舍不得黄昏时大山巅一抹血红的晚云，舍不得夜晚天空点点的星光，舍不得胖嘟嘟的在草席上乱跑乱跳的小乳猫，它是开心的，把喂养它的我们当成母亲，没有初来时弃儿般的奄奄一息的可怜相。

然而它仍然会突然安静下来，望着门外晃晃的白日，仿佛听到前世的呼唤，静静想听清楚，却仍然不确定，席子上只是自己孤单的一片影子。

我犹豫着，如果离开龙仔尾，这只乳猫要怎么办？

我一直有偏执，不太愿意把动物圈养在小房子里，如果不能全心陪伴，如果没有更广阔自然的环境让它们跑跳翻滚，总觉得亏欠了它们什么。

"宠物"或许更好是天地的宠物，如同我们自己的生命。

"宠物",我提醒自己,"宠"不是"囚禁"。如果可以,盼望我的宠爱即天地的祝福。

祝福众生,在孤独来去之间,有多少前世的契约,能偿还的,一一偿还。或许,不再签新的契约了,所以可以有一个没有偿还约束的来世,可以不结新的缘分。

这只乳猫会是我新的缘分吗?

我与它戏耍厮闹,偶然磨墨写"无挂碍"三个字,还是心虚。

整理三个月写字抄经的功课,还是觉得最后跑出这乳猫,也许是龙仔尾最难放下的心事。

如果能找到乳猫的母亲多好?我心里这样想。

院子里一直静静蹲伏着的流浪猫仍然不动如山,连续几日,我竟不知道它何

乳猫 呆呆地 看着屋外 一片空寂

时去吃食，何时去便溺。

有两种不同的悬念，一种是担心它能否存活的乳猫的悬念，一种是车子底盘下守候什么的流浪猫的悬念，两种悬念都只是我自己的无知无明吧……在阒然、幽深、茫昧的生之长途，不知因果，只有碎片断裂的悬念，徒增烦恼，无济于事。

想起青年时读《禅宗公案》，读到"南泉普愿禅师斩猫"的故事，不知当时南泉是否也有放不下的悬念？

啊，离开耽读《禅宗公案》的年龄很远很远了。

大学时有很长一段时间喜欢《六祖坛经》，接着就爱看《景德传灯录》《指月录》。

唐代禅宗六祖是中国佛教信仰的一次大革命，接下来五代、宋，禅宗"呵佛骂祖"，颠覆、叛逆，打破信仰和思辨的桎梏，让生命活泼泼回到现实生活的原点，不扭捏，不做作，一桩一桩"公案"，创造了语言白话，如同剥除咬文嚼字的宗教伪装，赤裸裸袒裎相见。

南泉普愿禅师（七四八至八三四），他姓王，有更通俗的民间称呼叫"王老师"。

王老师"南泉斩猫"的故事流传很广,《祖堂集》《景德传灯录》都有记载。可以读一下《景德传灯录》的原文:

师因东西两堂各争猫儿,师遇之,白众曰:"道得即救取猫儿,道不得即斩却也。"众无对,师便斩之。赵州自外归,师举前语示之。赵州乃脱履安头上而出。师曰:"汝适来若在,即救得猫儿也。"

"公案"就是"公案",文字语言琐碎无用,许多人爱谈禅,愈谈愈离"公

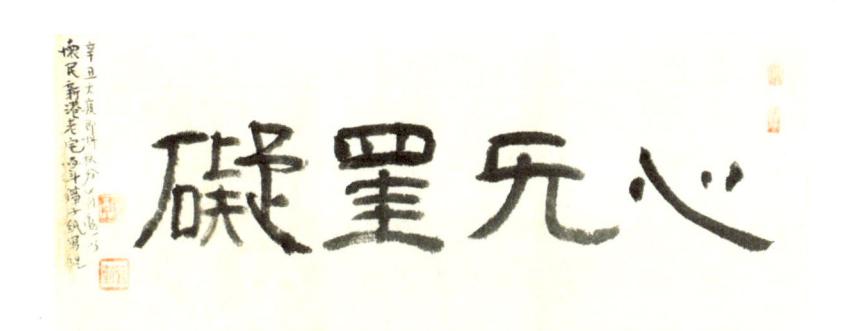

也许,猫咪 来教我"无挂碍"的 功课

案"十万八千里。

"公案"就是"现场",回到现场,如同《金刚经》说的"还至本处",无有是非。

"南泉斩猫"的公案,是东、西两堂僧侣为养猫起争执,南泉抓起猫,要众僧说出道理。说不出,就斩猫。

这桩颇耸动的"公案",在整个东亚地带都产生影响。艺术史上许多画家画过"南泉斩猫"。前几年日本在南禅寺还展出大画家长谷川等伯画的《南泉斩猫》,右手提剑,左手抓猫,惊心动魄。这张画用来制作海报,引起更多现代人对这件公案的兴趣。

我庆幸在龙仔尾喂猫没有引起类似的争执,我也问自己,若真回到公案现场,我会像"王老师"那样决绝,把猫儿一斩两段吗?

这段公案如果今天在社群网站公开,不知要如何群情激愤,猜测许多猫奴群情激愤,会把"王老师"一斩两段吧。

"公案"的结尾是南泉弟子赵州从外地归来,知道这件事,一语不发,脱了鞋子,把鞋放在头顶上走出门外。

日本画家 喜欢画 禅宗"南泉斩猫"的 故事

王老师说:"你刚才如果在,就救得猫儿了。"

所以南泉真心是要救猫吗?

所以群情激愤时是真心为"众生"吗?

在广阔的龙仔尾最后的漫步,担心小乳猫乱跑,会被附近野狗伤害。出门前会特别小心,把它放在方盒里,上面用有透气孔的罩子盖好,罩子上压了一块沉重的卵石,确定可以无意外,放心在田野漫步。

出门时,体形硕大的流浪猫还在车子底盘下,眼瞪瞪地看我。

南泉斩猫的故事许多高僧、大德解说过,我没有需要斩猫的犹豫、矛盾、痛苦,风和日丽,走在田野间,自有惬意。

也不必把鞋子脱了放在头顶上,颠倒是非。

许多朋友关心小乳猫的下场,我难启齿。

因为"公案"那天,我在外走了两小时,两小时后,回家,发现沉重的卵石被推开了,盒子里不见乳猫踪影。

我惊慌了一下,但随即发现那只一直蛰伏在车子底盘下的大猫也不见了。

好几天，它不肯离开，其实不是与我的因果，而是有它自己的生命牵挂吗？它是一直在等候可以营救乳猫的时刻吗？

我不知道，离开龙仔尾前的最后几天，在村子里绕来绕去，很想有一点蛛丝马迹，能知道乳猫和那只大猫的下落。

然而一无所得，关心的人询问，我支吾其词，觉得斩猫的痛，和把鞋子放在头顶的荒谬一起送别我离开龙仔尾，离开与许多未命名的猫咪的"挂碍"之处。

◎ 蒋勋·午后的梦
◎ 2022 | 油彩画布 | 60cm×120cm

希望与猫咪 一起度过疫情,众生有 天下太平的 梦

后 记

池上沉默,但是脚踏实地,大灾难前,连客气礼貌也多余。

我谨以此书向池上的土地和众生致敬。

从二〇一四年在池上驻村,刚开始,前一两年,总急着画画。像要交作业,好像画画是唯一重要的事。

二〇一六年在台东美术馆展览，交了作业。两个大展厅，都是和池上风景有关的画作。

画展开幕，我就去海外了。好像对邀请我的台湾好基金会有了交代，可以放松去休息一下。

在大阪附近的有马温泉住了一星期，看丰臣秀吉当年下棋的石桌棋盘。刻痕很深，却不知道当年胜负如何。

谷崎润一郎也住过有马，似乎是养病，在那里写了凄婉绝望的爱情小说《春琴抄》。

一个盲眼的仕族女子春琴，孤独度日，每天弹奏乐器。

她的生活全部依靠男仆佐助服侍。

春琴极美，但她看不见自己的美。

她脾气傲慢暴躁，常常无故谩骂、凌虐仆人。

佐助是唯一爱春琴的，和春琴学琴，也无限度接受春琴的辱骂殴打。

那是谷崎润一郎的爱吧……

最后佐助刺瞎双眼，他要和自己爱的人一起进入黑暗的世界。

我在有马谷崎润一郎写书的住宅外徘徊，记得山上桂花开得极好，有近红色的丹桂，也有如月光的银桂，都馥郁芬芳，想春琴在黑暗中也嗅得到这样的气味吧。

泡在温泉池里，一直思索：为什么要急着画画？

池上永远在那里，海岸山脉的日出每天都在那里，中央山脉的日落也在那里。

插秧到结穗，结穗到收割，苦楝花开过，接着是木棉，木棉过后，夏天到了，荷花开满大坡池，凤凰花红艳灿烂。九月末有紫色的水黄皮，十月栾树黄花开完就结红绛色的蒴果。

秋分以后，河岸田陌上飞起芒花。收割后的田烧起野烟，不多久，油菜花一片金黄。

池上没有停止过容貌的转变，池上的风景是一张人的脸孔，从婴儿到童稚、少年、青年，一路走到中年，然后白发苍苍。

池上的时间也便是终生的时间吧，从来不曾停留过，生，不停留，死亡，也不停留。

画展结束，我还是在问：我为什么急着画画？

把画收起来，把画送去收藏者家里。我又飞出去，觉得很累，好像交完一份作业，又要交一份作业。

七月九日，飞机起飞，机场就关闭了。听说是大台风尼伯特，我在海外，连着好几天看东部的风灾信息。

我也和东部的徐璐联络。"怎么样？""很严重。"

我们最后决定让巴奈、那布帮忙，一家一家调查，看损失大小，从卖画款项里支付，让部落受灾家庭重建。

一直想当面向巴奈、那布致谢。夫妇两人，开着车，帮忙上山、下海，一个部落一个部落探访，处理了许多事。

好像是尼伯特吹醒了我，众生这样生活着，"我为什么急着画画"？

池上的时间从来不曾停留过，
生，不停留，
死亡，也不停留。

好像应该更急着好好生活，好好爱这个脆弱到随时会在灾难里千疮百孔的世界。

之后，再回池上，画画时间少了。有更长时间在田野里走路，看云慢慢升起，看日落时一分一秒变化的光，看明晃晃的月亮从东边山脉棱线里出来。

不急着画画的时候，看到的风景是不一样的。

不急着艺术，生活也会不一样。

池上那块土地，在不同时间有不同地区的移民迁来，都是为了生活，没有人为了艺术。

艺术何其奢侈！

二〇一八年池上有了美术馆，观光客愈来愈多。每年秋收都像节庆，热闹滚滚。

我原来落脚的大埔村，离车站不远，走路十几分钟，车站前面是中山路，也是

龙仔尾的猫咪　陪我度过　疫情三级警戒

乡镇中心，观光客大多拥挤在中山路上。有时候九天连假，中山路比台北西门町还要拥挤。有时候想要逃离池上……

新冠疫情，二〇二一年，我搬进龙仔尾，距离池上热闹中心区最远的边陲。

没有观光客，疫情时间，很少接触人，来串门子的多是猫，别家的猫，或流浪猫。

树木很多，花树、果树都有，寂寂庭院，果实落满一地。

很多人染疫，很多人死亡，世界惶惶不安。

猫咪陪着我读经、抄经。

我好像真的不急着画画了，夜里无眠，希望有春琴的耳朵，听得见暗夜里的水声、草虫声、风声，稻谷摇曳或月光初升，天地间有好多匆忙时错过的声音，此时都在身边，我和猫咪一起静静听着。

因此，我想留下一本小书，写龙仔尾，写猫，写疫情期间的无所事事。

整理这本书时，二〇二二年九月十七日，大地震。十八日再震，更大，震央在池上。

我连续询问朋友平安，都有回复。

只有梁正贤大哥，一直没有回，心里有点不安。

到二十日傍晚，他的简讯来了，说"已经正常出货了"。

我在池上和农民学习很多，他们话不多，都切中要点。

梁大哥有碾米厂、烘焙厂，设备、器物，一定损失不少。工厂忙于修复，他无暇回复询问。"正常出货了"是他处理完了所有灾后的事，回报的第一句话。

池上沉默，但是脚踏实地，大灾难

前，连客气礼貌也多余。

我谨以此书向池上的土地和众生致敬。

一切平安！

　　蒋勋　于二〇二二年秋分

天地间有好多匆忙时
错过的声音，
此时都在身边……

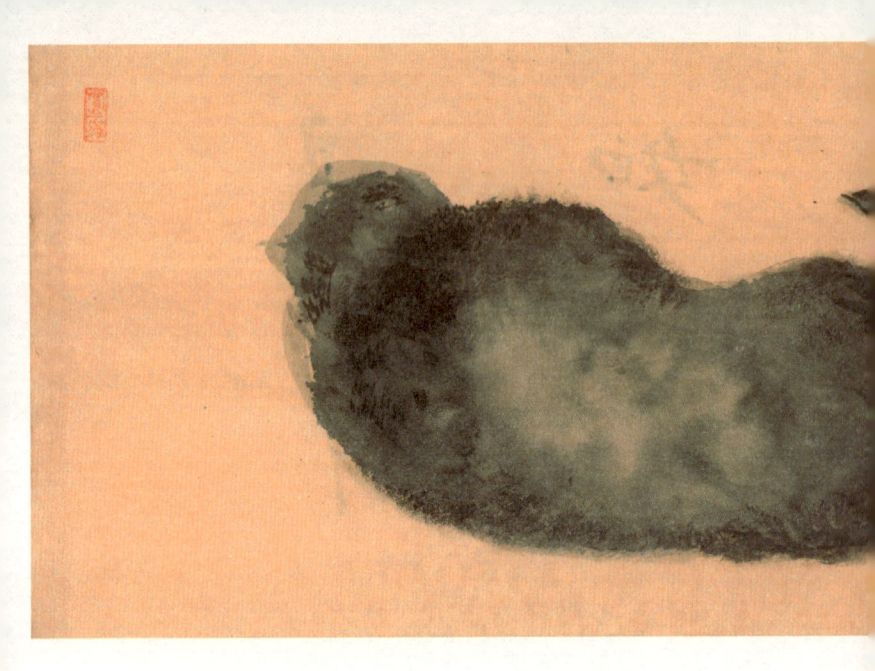

◎ 蒋勋·龙仔尾·猫
◎ 2022 | 水墨设色纸本 | 25cm×76cm

想念池上龍仔尾的貓咪

壬寅處暑後三日

八里莉畫

常常想念　龍仔尾貓咪的　自在

◎ 蒋勋·秋分
◎ 2022 | 油彩画布 | 80cm×116.5cm

秋分 稻田金黄，龙仔尾 清晨可见 大山长雾

龙尾护持，天长地久；
小猫昼寝，天下太平。

图书在版编目（CIP）数据

龙仔尾·猫：见山见海见自己 / 蒋勋著. -- 北京：九州出版社，2023.12（2024.6重印）

ISBN 978-7-5225-2482-5

Ⅰ．①龙… Ⅱ．①蒋… Ⅲ．①散文集－中国－当代 Ⅳ．①I267

中国国家版本馆CIP数据核字（2023）第210149号

北京市版权局著作权合同登记　图字：01-2023-5295

本著作物经北京时代墨客文化传媒有限公司代理，由有鹿文化事业有限公司独家授权北京磨铁文化集团股份有限公司，在中国大陆发行中文简体字版本。

龙仔尾·猫：见山见海见自己

作　　者	蒋　勋　著
责任编辑	周红斌
出版发行	九州出版社
地　　址	北京市西城区阜外大街甲35号（100037）
发行电话	(010) 68992190/3/5/6
网　　址	www.jiuzhoupress.com
印　　刷	北京世纪恒宇印刷有限公司
开　　本	787毫米×1092毫米　32开
印　　张	6.5
字　　数	100千字
版　　次	2024年5月第1版
印　　次	2024年6月第3次印刷
书　　号	ISBN 978-7-5225-2482-5
定　　价	58.00元

★ 版权所有　侵权必究 ★